चाय चाय में

संदेश प्रसाद महतो

संदेश प्रसाद महतो
जन्म 10 मार्च 1998

B612

• संदेश प्रसाद महतो

जन्म 10 मार्च 1998

संदेश प्रसाद महतो का जन्म 10 मार्च 1998 में, बिहार के सिवान जिले के सुवही ग्राम में महेन्द्रनाथ मंदिर के निकट रामगढ़ पुल पार हुआ। इनका जन्म फाल्गुन मास में मंगलवार को हुआ। बचपन से लेकर आज तक इनको गांव में टमाटर के नाम से पुकारा जाता है क्योंकि इनके जन्म के उपरांत इनका मुख गोल मटोल लाल लाल टमाटर की तरह था इसलिए गांव में आज भी टमाटर के नाम से इनकी चर्चा होती है। इनका वास्तविक नाम अनुप कुमार है। परन्तु लेखन की दुनिया में इनको यह नाम जमा नहीं इसलिए इन्होंने अपने नाम के स्थान पर संदेश प्रसाद महतो रखा। इनकी माताजी का नाम श्रीमती चिंता देवी है और वह बहुत ही अच्छी गृहणी है तथा पिताजी का नाम श्रीमान संदेश प्रसाद महतो है। इन्हीं से इनको अत्यधिक मार्गदर्शन प्राप्त हुआ है और होता रहता है। इसलिए इन्ही के नाम पर अपना लेखन शुरू किया क्योंकि नाम से ही इतने शब्द व्यक्त होते हैं कि इस नाम की बात ही कुछ और है। इनके छोटे चाचा श्रीमान राजेश महतो जो हनुमान भक्त हैं उन्हीं से इनको भक्ति की प्रेरणा मिली और यह भी हनुमान भक्त बने । इनके पिता भी तीन भाई हैं (भदयी महतो, संदेश प्रसाद महतो, राजेश महतो) और ये भी। क्रमानुसार अनूप, अनीस, अनुज। ये घर के सबसे बड़े पुत्र है।

इनकी प्रारंभिक शिक्षा बिहार के प्राथमिक विद्यालय से ही हुई परंतु उनका मन नहीं रमा तो उनके पिताजी ने उन्हें दिल्ली के स्कूल में दाखिला कराया। वहां से 12वीं करने के उपरांत दिल्ली विश्वविद्यालय के राजधानी कॉलेज में इनके पिताजी ने ही दाखिला कराया। बी.ए. की शिक्षा उपरांत एम.ए. किया और अभी भी पढ़ रहे हैं। अध्यापन कार्य में भी इनका मन बहुत रमा है। कहानी के साथ साथ ये कविता, लेख, ग़ज़ल आदि लिखते हैं और पाठ करते हैं। इनको हिंदी, अंग्रेज़ी, संस्कृत, भोजपुरी भाषाओं का बौध है। पठन में भी इनका मन बहुत रमा। बालपन से ये सीधे साधे सरल और दानी स्वभाव के हैं, न कभी किसी से बैर, न ही ईर्ष्या रखा। इनके अंदर मित्रभाव कूट कूट कर भरा हैं। सारी

परिस्थितियों में डटकर खड़े रहे हैं साथ ही साथियों की सहायता भी करते हैं, चाहें स्वयं का ही कार्य छूट क्यों न जाएं। मदद करने से पीछे नहीं हटते। मदद का भाव इनको घर से ही मिला है जो इनमें भी है। इनके अंदर भावना बहुत हैं और इनका मानना है कि भावना नहीं, तो कुछ नहीं।

जन्मोपरांत से इनको बहुत लाड़ प्यार मिला और इनके जन्म से परिवार की स्थिति बहुत सुचारू हुई तथा फसलें भी लहलहायीं। ये सब इनकी माता ने इनको बताया और ये भी बताया कि इनके पिता की दो शादी हुई हैं। दुसरी शादी के तदनन्तर से इनके पिताजी को शादी में और अन्य कार्यक्रम में नहीं पुछा जाता। ये सुनकर इनके मन को ठेस पहुंचा। इनके दादा-दादी (श्रीभुनेश्वर महतो-श्रीपतिया देवी) भी इनको बहुत प्यार देते हैं इनकों अधिक मानते हैं।

कॉलेज की दुनिया बहुत रंगीन रही। इनके बहुत से मित्र बनें। साथ ही प्राध्यापक भी सखा की भांति ही इनसे बात करते। कॉलेज में ही भावना मिलीं, तभी से लेखन की कला में अपने को पाया। भावना का आना बहुत हितकारी रहा। इनके ज्ञान कौशल का विकास भी यही से हुआ। इस नाम पर इन्होंने सौ से अधिक कविताएं लिखीं और इसी पर अधिकांश लेख आदि लिखते हैं। लेखन के दौर में आएं इनको ज्यादा समय नहीं हुआ बस भावना ने इनके चित्त, व्यवहार व प्रकृति को बदल दिया। यदि भावना नहीं आती तो शायद ही ये लेखन कला की ओर अग्रसर होते। भावना ने इनके जीवन की दिशा को बदला ही नहीं बल्कि एक नया रूप भी दिया।

संदेश प्रसाद महतो

क्रम-सूची

भूमिका

आमतौर पर चाय के ढाबों पर क्या बातें होती हैं, अक्सर हम सोचते हैं तो चाय के ढाबों पर देश-दुनिया की बातें होती हैं।

चाय एक नशा है इश्क़ है मुहब्बत है। सुबह शाम तो अधिकतर लोग चाय पीते होंगे पर जब समय मिला या ढ़ाबा एक आशिक चाय ज़रूर पीता है चाहे दिन हो या आधी रात...अब चाय के आशिक बहुत है। शरद बरसात में तो हर कोई चाय पकौड़ों को याद करता होगा पर चाय आशिक गर्म तिलमिलाते मौसम में जहा लोग ठंडे की मांग करते हैं वहां वह चाय की मांग करता है.....।

चाय जगहों पर एक नाई की दुकान ज़रूर होती है। चाय अमीरी भी होती है और गरीबी भी। अमीरी चाय घर घरानों होटलों में कप आदि में पी जाती है। गरीबी चाय ढ़ाबे सड़क किनारे कागज़ व प्लास्टिक और कांच के गिलास आदि में पी जाती हैं। ये शोर शराबा युक्त स्थान होता है बजाय अमीरी चाय के। इस चाय के साथ दोस्त परिजन साथ रहते हैं बजाय अमीरी चाय के।

कभी कभी चाय अच्छी यादों के साथ तो कभी बुरी यादों के लिए भी पी जाती है...पर चाय ज़रूर पी जाती है। शादी आदि समारोहों में चाय को पहली प्राथमिकता दी जाती हैं। चाय पीना पिलाना आम बात है। चाय आशिक एक फतिंगा की भांति होता है। जिस प्रकार फतिंगा रोशनी के पीछे भागता है उसी प्रकार ये चाय के पीछे भागता है। चाय के लिए दोस्तों के द्वार पर भी चल जातें हैं। चाय एक रोज़मर्रा की आदत के जैसी है या कहें तो लत है जिससे पीछा छुड़ाना आम है पर आम नहीं है। अगर एक जन जो चाय पीता रहता है अचानक ही छोड़ दें तो उसके सिर में दर्द और सुस्त हो जाता है। जैसे एक शराबी से उसकी शराब छुड़ाने की कोशिश करें तो जो हालत उसकी होगी वहीं हालत चाय व्यक्ति की होगी। पुरा पुरा शराबी की तरह नहीं पर वैसी ही होगी। आज कल के दौर में चाय पीना पिलाना तो लगा रहता है।

सुबह की चाय, शाम की चाय, रात की चाय, थकान की चाय, आराम की चाय, हराम की चाय, काम की चाय, नाम की चाय, दाम की चाय, धाम की चाय सबका स्वाद अलग अलग रहता है। फ़ुरसत में पीना कभी बारी बारी से चाय, कभी हमारे साथ तो कभी दोस्तों परिजनों के साथ, पर पीना ज़रूर चाय।

<u>संदेश प्रसाद महतो</u>

1

दिल्ली-1

कन्हैया ऐ हेनै आव कान में कहैम....

कबाड़ी का बोल...?

कन्हैया ऐगो हमरा पड़ोस में रलै ऊ कहतानी कि हमार लड़कवा रोज अपना माई के साथे सुतेला एक दिन हमरा साथे सुतल....रात में कहें लागल के पापा हमरा के गाना गावें के बा... अब औकर बाप सोचलस के एतना रात के अब गाना गईबे...सब कैहु सुतल बा...औकर बाप कहलस आव हमरा कान में गा लें.....(कन्हैया कबाड़ी से पुछते हुए) कबाड़ी का कहलस औकर बाप..?

कबाड़ी आव हमरा कान में गाईं लें..

कन्हैया हां ऊ कहलस अपना लड़कवा के कि आव हमरा कान में गाईं लें.......। अब होखल का कि ऊ लड़कवा औकरा कान में ही (अपना बाप के) मूते लागल......। औकर बाप चिल्ला कर बोलल तै गाना गाएं के कह कर काने में मूततारी....अब औकर माई सुन लेलस और कहैं कि रौऊरा मालूम नईखै का जब रातींखान औकरा मूतास लागेला ता कहेला गाना गवैके बा.........

कबाड़ी हंसने लगा और सभी की हंसी छूट गई।

कन्हैया ने कहा कि अब औकरा का मालूम कि ऊ काने में मूत दीं कबौं अपना बाप के साथ सूतल न और औकर महतारी कबौ बतईलस न।

कन्हैया ने कबाड़ी को कहा ऐही से तहरा के कहनी हई कान में कहैम....चलअ..खैनी बनाव।

गांव में बहुत महंगा जमीन बैचाईल हवैं राणा के, सरऊत ने कहा कन्हैया को।

कन्हैया ने कहा कि काहे बैचाईल हवैं...?

सरऊत बेटी के सादी खातिर.... 5 लाख कट्ठा बैचाईल हवैं। गांव के न लेलसवै कैहु

दोसर लेलसवै। दो कट्ठा कौने पर कै रलअ..।

कन्हैया ने कहा अब का कहें कै महंगाई बहुत होखल बावै जब से गौदिया (धड़क गौदी सरकार) आईलबावै.... लोग के बुझाते नईखै...........!!!!

सरऊत ने कहा चायवाले को चलअ अब चाय पिलाव बहुत देर से बैठा कै रखलै बारअ.....

दूसरा चायवाला तेजी में आया और कहा कि मालूम बा का फैन गैस के दाम बढ़ गईल.......!!

सरऊत ने कहा कि जब से गौदिया आईल बा तब से दाम भागते बावे ऊपर की तरफ....!!!!

कन्हैया ने इधरउधर देखते हुए कहा.. ई कबाड़ी कहा चल गईल..?

सरऊत ने कहा पता न ऐजीगे त रलअ अभी...कैने गाईब होखल....

कन्हैया ने कहा औकरा कै कहनी कै खैनी बनाव सारकेरा भाग गईल..। सरऊत चलअ खैनी खिआव

सरऊत ने हंसते हुए कहा हम खैनी न खानी भुला जालअ का....।

कन्हैया ने चायवाले को डाटकर कहा.. चल खैनी बनाव

चायवाला भी हंसकर कहा...हमार खैनी खतम हो गईल बा...।

कन्हैया ने कहा बाग सरवा खैनी ये नईखे तौरा लगें....ले हमरा चिनौटी (एक ऐसा छोटा डिब्बा जिसमें चूना और तंबाकू उत्पादों को रखा जाता है) से लै लें और बनाव।

दूसरी तरफ से मुस्कुराते हुए कबाड़ी आ रहा था

कन्हैया ने कहा खैनी बनावै के कहाईल हवे त कहां भाग गईली हई....।

कबाड़ी ने हंसते हुए कहा खैनी त किनै खातिर दुकानी गईनि हई......। कन्हैया को कहते हुए ईलअ खैनी....।

कन्हैया ने गुस्सा होकर कहा आपन खैनी रख हमार हो देन बनतावे......

कबाड़ी ने कहा लअ मरदवा हम बना देहनी ऊ पता न का ओबेरा से रगड़ता....।

कन्हैया ने खैनी खाते हुए कहा तु हमरा के खैनी खिया के ही मनबअ।

झुमका सिंह ने चायवाले को कहा एगों ब्रेड पोकौड़ा द, बईठल बईठल भूखे लाग गईल....। पता ना हमार बारी कब आई... हमरो केस बढ़ गईल बा...

कन्हैया ने हंसते हुए कहा अभी छव जना के बाद बावे।

झुमका ने कहा लागता रात ऐजीगे हो जाईं।

झुमका ने ब्रेड पकौड़ा खाने के बाद 12 रूपये दिये।

चायवाले ने कहा कि अब ब्रेड पकौड़ा के दाम 15 रूपिया हो गईल।

झुमका हैरान होकर कहा आरे मरदवा काल्हे नू 12 रूपिया के खयिनी, एकही दिन में 3 रूपिया बढ़ गईल।
चायवाले ने उदास मन से पतली आवाज में कहा अब हम का करी सब चीज के दामें बढ़त जातावें!!!!!!! जेतना में हम पहिले ब्लैक में गैस सिलेंडर लेत रनिहयी ओतना में अब नोरमल सलेंडर आवत बा!!!!!
झुमका ने कहा चलअ अब काल्हे से लिह।
कबाड़ी ने इथलाते हुए कहा तहार त दाम बढ़ते जा तावे।
झुमका ने हंसते हुए कहा तअ का आखिर में तहरे बिरादरी के तअ हवे।
कन्हैया ने कहा दूनू एकही हवअसन सारकेरा (गाली देते हुए) ईहो दाम बढ़ावत बा और ऊ गौदियो दाम बढ़ावत बा।
झुमका ने बाल कटवाने के बाद कन्हैया को 20 रूपये दिए तो कन्हैया ने कहा ई का 30रूपिया हो गईल बावे।
चायवाले ने कहा हई हमरा के कहत रलै कि दाम बढ़ावतानी और अपने बढ़ा डेलन तअ कुछु ना।
कन्हैया ने कहा गुस्से में तै चुप रहवै कि ना।
झुमका ने कहा अभी पिछले महिनवे तअ कटवईनी हई तअ 20 रूपिये में हो गईल और एकही महिनवे में 10 रूपिया बढ़ गईल, तू तअ मरदवा चायवाला से भी तेज निकललअ।
चायवाला घुरने जैसी आंखों से कन्हैया को देख रहा था कि तभी कन्हैया ने कहा कि हऊ देखअ चाय सब गिर जाई ना तअ।
दोनों में गरमा गरमी का माहौल.....माहौल बड़ा शांत सा लग रहा था। झुमका 30 रूपये देकर चले गए।

••

झुमका खुशी खुशी आ रहा था दोनों को देखकर मन ही मन मुस्काया और हंसते हुए बोला का हो कन्हैया अभी तक फुले हुए हो......
आलम अखबार पढ़ रहा था बगल में आधा खाया समोसा रखा था और चाय का इंतजार कर रहा था। झुमका ने कहा कि आलम हई उठाव कि हम बैठी हैजिगा....।
इ हमार ना हवै (आलम ने कहा)
झुमका ने कहा तअ कैकर हवे तहार न हवे तअ....।
कबाड़ी ने हाथ उठाते हुए कहा अरे हमार हं मरदिया....ना कहती तअ अभी फेंकिये

देतअ...........।

झुमका ने मूंह बनाकर कहा ऐनेओने रख कर निकल जाएके बा...।

कबाड़ी ने झुमका से कहा कन्हैया खैनी बाटत रलै तअ लेवे गईनी हई....।

झुमका ने कहा कन्हैया से...सुनतारअ हमार माई कहैले कि माहापातरवन कै हाल बा...ऐगो अभी बावे कि दुसरको खातिर मुंह बावाईल बाअ........।

झुमका की ये बात सुनकर सब ठहाके मारने लगे...।

कबाड़ी समौसा खाते हुए कहा.... का समाचार बाअ अखबार में....मुहवे नईखन दिखावत जब से आईल बानी...।

कन्हैया ने हंसते हुए कहा काहो आलम काहे लाजात हो कबाड़ी से...मुहदिखाई करवा दों.........।

ये सुनते ही सब हंसने लगे....हंसी का माहौल जम गया

आलम मुस्कुराते हुए अखबार निचे किया और कहा सच में हमरा के मजाक ही बना देलअ लोग.....। अखबार पढ़त रनी हई।

कबाड़ी ने कहा (हंसते हुए) एतना गहराई से .... आलम का मुंह बन गया वह उदास हो गया कि तभी....

झुमका ने आलम से पुछा बताव तअ काअ समाचार बावे.... बाचे आवेला कि ना...कहीं झूठों कै फोटो देखत हो....बताव अब......।

आलम ने कहा.... वित्त मंत्री प्याज नहीं खाती हैं... ईहे लिखल बा...

कन्हैया ने गुस्से से कहा छिनारकेरा पियाज ना खालीं...लाड़ हमार खाली फैन....(गाली देते हुए)

कबाड़ी ने भी गुस्साए से कहा...प्याज ना खाली तअ का हग्गल खाली......।

चायवाला आलम को चाय पकड़ाते हुए कहा... भिखमंगी हैं साली....पियाज ऐतना महेगा हो गईल बा... के हम पियाज के पकौड़ा तक नहीं बनावत जादा...। ऐकनी के लगे इहें तअ ऐगो जवाब बावे हई नहीं खाते हैं तो हऊ नहीं खाते हैं.....तअ खालें काअ....कुकर के हग्गल..... कहीं अपने हग के तअ ना खा लें लेअ......।

ये सुन कर सब गुस्से में आ गए....

झुमका ने कहा वित्त मंत्री का नाम मालूम बावे...

आलम ने कहा घुन्नी भंडारवाडे....

कबाड़ी ने कहा ओकरा नामों में घुन बावे.... मंहगाई ऐतना हो गईल बावे कि अगर एकनी के बात पर चलअ तअ इंसान भूखे मर जाई....ऐसे ऐकनी के कौनों फरक ना पड़ी......!!!!

कन्हैया ने कहा ऐकनी के सब बस चलौ तअ हमनी के खूनों चूसै लगतन

सन........!!!!

आलम ने कहा पिछली सरकार रलअ तअ एक दो रूपिये पर धड़ना तअ गाड़ उघार के बैठ जात रलै सन औरू अपना बैरी में आंख मूंद कै दाम ऊपर बढ़ावत बारैसन....औरू कैहु पूछ लेव तअ कादून पियाजे ना खालन सन...

चायवाले ने कहा सही कहतानी रऊरा......।

झुमका ने कहा ऐकनी लगे कौनो जवाब ना होखेला तब अईसन कहियन सन कै....आदमी सुन के अपने कपार फोड़ लीं।

उसी वक्त झुमका की गर्लफ्रेंड रोमांटिक अंदाज में उसे देखते हुए गुजरीं....... फिर.... झुमका भी फौरन वहां से उठ कपड़ें झार मुस्कुराते हुए उसके पीछे गया आगे जाकर उसको आवाज दीं और कहा इतना तेज तेज काहे चल रही हो जल्दी घर आ जाएगा तुम्हारा...झुमका दो तीन कदम उछलकर उसके पास चला गया कोमल मुस्कुरा रही थीं। झुमका के खुशी की लार उसकी बातों से ही टपक रहा था बार बार अपने हाथों को बालों पर फेरकर खुजली कर रहा था और मुस्कुरा रहा था।

झुमका ने पूछा कल तुम दिखीं नहीं....?

कोमल ने कहा मैं घर में ही थी कितनी बार बाहर झांका पर तुम दिखे ही नहीं और तुम बहुत दिनों बाद दिख रहे हो....

झुमका ने कहा मैं बहुत बड़े काम को कर रहा था

कोमल ने कहा खुद तो महिने दो तीन महिने दिखते नहीं हो... और मुझसे पूछ रहे हो कि मैं नहीं दिखती....।

झुमका ने कहा तुमको तो मालूम ही है मुझे कितने राज्यों में जाना पड़ता है....

कोमल ने कहा वहां पर तो कोई और तो नहीं है ना...।

झुमका ने हंसते हुए कहा आरे नहीं कोई नहीं है।

कोमल ने कहा तुम यहां क्या कर रहे थे

झुमका ने कहा चाय पीने आया था

कोमल ने कहा तुमको ये पानी ज्यादा दूध कम वाली चाय अच्छी लगती हैं... चाय में पानी हर हर गंगे होता हैं।

झुमका ने कहा थोड़ा आराम आराम से चलों न देखों तुम्हारा घर आने वाला है।

कोमल ने कहा तो क्या अब न जाऊं अपने घर तो तुम्हारे घर चलूं..... चलों..... अब जाओं.....मेरा घर आ गया अब कल मिलेंगे.......।

•••

अगले दिन चायवाला झुमका से कहा कल काहे जाल्दी चल गईल.......।

झुमका ने कहा अब चाय खतम हो जाई तअ जाएम ना तअ काअ ऐजीगे सुतेम......। औरू इहो तअ नईखे कि ऐजीगे बैठल बानी तअ मुफ्तों में पिया देबे..। झुमका ने कहा चायवाले को.... इ कईसन चाय पियावत बारअ लागत बावे छू...छू...छू....पानी ही भरल बावे.......। दूध डालकर बनाव...।

तभी कन्हैया ने कहा हई लेअ पकड़ आपन चाय लागता पानी उबाल के ही पकड़ा दियाईल बावे.....। सही सै बनाव चाय ना तअ दुकान बंद कर भाग जो ऐजीगा से.....।

झुमका ने कहा हां तअ का ठीक से बनाव कि नामों लीं सन तहार के....कि चायवाला हो तअ तहरे जईसन हो....।

झुमका की बात सुनकर चायवाला मन ही मन मुस्काया..... और दुबारा चाय बनाया...। झुमका ने कहा अईसन ही चाय बनावै के चाहीं...... चायवाला खुश हुआ..........।

कन्हैया ने गुस्से से कहा.. हमार चाय कैने बावे...

चायवाले ने कहा रूकअ देतानी...

कन्हैया खुश होकर बोले अब हमार मन खुश हो गईल अईसन ही चाय बनावै के चाही....

चायवाला मुंडी नीचे करके धीरे से बोला... अईसन चाय अगर पियावे लगनी तअ हो गईल हमार... हम तअ लुटिये जाऐम.....।

झुमका ने कहा कुछु कहलै हवे का......

कन्हैया ने भी कहा ...हमरो कुछु फुसफुसाये सुनाईल हवै

चायवाले ने फिर धीमे से बोला..ऐजीगे कान लगईले बाड़सन....। चायवाले ने खुलकर बोला... आरे कुछु न कहनी हई......।

सब चाय पी रहे थे कि तभी दो छोटे छोटे बच्चे आएें और दो ब्रेड पकौड़ा मांगे और 24 रूपिये पकड़ा दिये तो चायवाले ने कहा कि 15 रूपिये का एक है, तो बच्चों ने कहा कल ही तो 12रूपिये का ले गए थे....।

कबाड़ी अपना साईकिल लेकर आया और चायवाले की बात सुन लिया और कहा कन्हैया सुनलअ हवअ.....

कन्हैया ने कहा हां हम सुननी हई.... धीरे धीरे ऐकरो दाम दू...दू... रूपिया करके बढ़तावे लागता अइसन ही चली तअ खाइले दुलम हो जाई.....।

झुमका ने कहा चाय के दाम तअ नानू बढ़ गईल...ना तअ चायो पियल छोड़े के

पड़ीं......।
कबाड़ी ने कहा पानी वाला चाय पर दाम बढ़ीं....।
झुमका ने कहा....अब रोज रोज पियल ना बनी अगर दाम बढ़ जाई तअ....। ऐही बात पर एगों कविता.....

अब धीरे धीरे चाय का नशा छोड़ देंगें हम ।
रोज़ थोड़ा थोड़ा ही सही, पर पीएंगे हम।।

कबाड़ी ने कहा का....बात बा...बाह माजा आ गईल इ..लाईन सुन के....।
कन्हैया ने कहा बात तअ सही कहनी हई...।
चायवाले ने भी खुश हो कर कहा चलीं कबों कबों तअ पिएम लोग.....।
कन्हैया ने कहा (तेजी में) तअ जरूरी बावे तोहरे लगे से पिएम सन.....।
चायवाले का मुंह उतर गया और उसने कहा... आरे ना बढ़ाएम चाय पर दाम..।
सभी हंसते हुए चुस्की मार रहे थे....कबाड़ी को चाय सड़कगया....कबाड़ी ने कहा इहें सारवा मनै...मनै...गरियावत होखी...तबे हमरा सड़कगईल हवें......।
झुमका ने कहा हाऊ...हाऊ....पीअबअ तअ का होखी...आराम आराम से स्वाद ले...ले.... के पीयल जाला..।
कन्हैया ने पुछा कबाड़ी कैतना कमईली हई...
कबाड़ी ने कहा जादा ना...अ...। है...सामने वाला गलियां में कुछु भईल बावे का...अ...।
कन्हैया ने कहा ह..अ.. उनकर बारात आईल बावे...।
चायवाले ने कहा हमरा तअ पता ही नईखे...ताहरां क..ईसे पता कारड आईल बावै का....अ...।
कन्हैया ने डाटकर चायवाले को कहा बौका...ही रहबै... खाली चाये बनावे आएला...।
कबाड़ी ने पुछा कन्हैया से कैईसे होखल हवै....।
कन्हैया ने कहा हमरा का...अ मालूम.... कौनो अईलसवे केस कटवावे तअ बत..ईलसवै...।

एक आदमी भड़किले अंदाज में आया.... और समौसे चायवाले के टेबल पर फैका और कहा इसमें सड़ा...सड़ा आलू भर दिया है....खाकर देख...।
चायवाले ने कहा क्या हुआ.....? आदमी ने कहा एक अपना समौसा खाकर देख....
चायवाले ने कहा मैं क्यों खाऊ... आदमी ने कहा तू खा रहा है कि नहीं... मैं पैसे दूंगा इस समौसे कै.... खा...
चायवाले ने अपना एक समोसा खाया..... और एक निवाला मूंह में डाला.... और

मन ही मन सोचा क्या करू निगल जाऊं.... या थूक दू....बड़ीं आंखें कर आदमी की तरफ देखा...... सब उसे देख रहे थे..... कि तभी वो निगल गया......। आदमी ने पूछा कैसा लगा.....तो चायवाले ने निडरता से कहा ठीक तो हैं...... आदमी पूरा गुस्से से लाल हो गया....बाकी सब आदमी से पूछने लगे क्या हुआ भाईसाहब...... चायवाले की दुकान पर भीड़ जम गई...।

झुमका ने कहा लाओ हम भी चखकर देखे....सब ने एक एक निवाला लिया... और ...थूक दिया...। इसमें सड़ा आलू भर दिया है तुम कैसे खा लिये भाई......। चायवाले के पास कोई शब्द नहीं था कहने को...मूंडी झुकाए हुए खड़ा था। सभी के समझाने बुझाने के बाद चायवाले ने अपनी गलती की मांफी मांगी...। माहौल शांत होने के बाद सब ने एक एक करके चायवाले को सीख दे रहे थे..।

कन्हैया ने कहा बताव गतली तअ बहुत बाड़का कर देल..अ अब कैहु आई ताहरां लगे समौसा किनै (खरिदने) खातिर।

झुमका ने कहा एक बार हमरा साथे बिहार में होखल र..अ..ल..अ हमार 20रूपिया पानी में चल गईल..तब से ओ..दुकान से समाने खरिदल छोड़ देहनी...।

कोमल थोड़े देर बाद चाय की दुकान के पास से गुजरी.....झुमका की तरफ देखा......पर झुमका की नज़र उसकी तरह नहीं गई....दुबारा वह आती हुई झुमका को दिखी....झुमका फटाक से चाय की दुकान से उठाकर उसके पीछे पीछे चला गया......

झुमका ने खुश होकर कहा बहुत सुंदर दिख रही हो.. कोमल मन ही मन शर्माई पर ज़ाहिर न होने दिया....।

कोमल ने कहा कि पहले जब आई तो मेरी तरफ देखा भी नहीं और अब मुझपर लाईन मार रहे हो...। चलों ये बताओं वहां पर शोर क्यों हुआ था?

झुमका ने कहा आरे उस चायवाले ने समोसे में सड़ा सा आलू भर दिया था और एक आदमी आकर उसे बहुत सुनाया...मजेदार बात तो ये हैं कि उसने अपना सड़ा समोसा भी खा लिया....

कोमल मुंह पर हाथ रखकर हंसने लगीं... झुमका भी उसे हंसता हुआ देखकर खुश हुआ....।

कोमल ने कहा ये समोसा सही नहीं बनाता है, तुम मत खाया करों यहां से मैं एक अच्छी दुकान बताती हूँ वो सही बनाता है...।

झुमका ने कोमल से पूछा मंद आवाज में.. तुमको खाना हैं?

कोमल ने हंसते हुए कहा नहीं मैं खाना खा कर आई हूँ... कभी और जरूर खिलाना.....।

झुमका ने कहा ठीक है...
कोमल का घर आने वाला था कि तभी उसने उदास होकर झुमका कि ओर देखा और पूछा.. तुम बिहार कब जा रहे हो....
झुमका ने कहा कल दोपहर की ट्रेन हैं.......।
यह सुनकर चुपचाप कोमल चलीं गई अपने घर...। झुमका उसे देखता रहा पर वो पलटकर नहीं देखीं....।

अगले दिन सुबह से ही कोमल बेचैन थी वह रात भर सोई भी नहीं ठीक से....। दूसरी तरफ झुमका का मन भी उदास भरा था वह कोमल से जाने से पहले मिलना चाह रहा था और कोमल दिख नहीं रही थीं...बहुत देर तक उसने उसका इंतजार उसके घर के बाहर किया पर वो आई नहीं....निराश भाव से झुमका वहां से चला गया...जाते हुए कोमल ने उसे देखा मगर उससे मिलना नहीं चाह रही थी। थक हार कर कोमल उससे मिलने को घर से निकली....।
झुमका चाय की दुकान पर जाकर बैठा और एक चाय मांगी...। हमेशा की तरह आलम वहीं बैठकर अखबार पढ़ रहा था।
आलम ने पूछा काहें उदास उदास हो... कुछु होखल बावे का...कि गुपचुप बैठल बारअ..।
झुमका ने कहा कुछु ना आज दिने में बिहार खातिर निकल जाऐम.....।
आलम ने पूछा कऊना ट्रेन के टिकट भईल बावे....
झुमका ने कहा बैशाली के...
आलम ने कहा आजे से बैशाली के टाईम बदल गईल बा..हई देखअ हेदेन लिखल बा...
झुमका खुश हुआ और खुशी के मारे खड़ा हो गया कि सामने ही कोमल दिखीं...उसकी खुशी दोगुनी हो गई....। दोनों ने बहुत देर तक बातें की....। झुमका मन ही मन सोच रहा था.....

काश ये माहौल ऐसा ही बना रहे
तुमसे दूर जाने को मन नहीं करता।।

झुमका कोमल की तरफ देखा और लम्बी सी मुस्कान भरीं....। कोमल ने कहा क्या हुआ बड़े खुश हो गए....मेरी बात इतनी अच्छी लगीं..।
झुमका ने कहा हां....नहीं.....बस यूही....(हंसते और सिर खुजाते हुए)।
कोमल ने कहा अच्छा तो चलूं मैं....
झुमका ने कहा थोड़ी देर और रूक जाओना....। अगर जल्दी हो और कोई काम हो तो मैं नहीं रोकूंगा........तब तुम्हें जरूर जाना चाहिए...।

कोमल ने कहा तो जाऊं मैं....।

झुमका ने कहा सच में जा रही हो......।

कोमल ने मुस्कुराते हुए कहा तो ना जाऊं...बोलों....

झुमका ने कहा ठीक है तो जाओं तुम मेरे भी बिहार जाने का टाईम हो गया....।

कोमल ने नम भरी आखों से कहा सुनो....मुझे एक बात पुछनी थी...।

झुमका ने सहमी आवाज में खासकर कहा...हां कहों...क्या कहना है...

कोमल ने कहा तुम वापस कब आओंगे...

झुमका ने कहा जल्दी ही आउंगा...

कोमल ने कहा मैं इंतजार करूंगी तुम्हारा....आना जरूर मुझसे मिलने वापस....

झुमका ने कहा अरे....हां बाबा आऊंगा मैंने कहा ना...अब उदास मत हो....नहीं तो ये उदासी मुझे जाने नहीं देगीं...

कोमल ने कहा ठीक है चलों अब जाओं नहीं तो देर हो जाएगी और बाद में तुम मुझे ही दोष दोगे की मैंने ही जल्दी नहीं जाने दिया......

झुमका ने हंसते हुए कहा.... हां ठीक है....

पीछे मुड़कर टाटा किया और लम्बी सी मुस्कान देते हुए चलें गए....।

2

बिहार-2

बिहार में पहुंचने के बाद स्टेशन से बाहर निकले....बाहर निकलने के बाद ढ़ाबे पर बैठकर चाय पीये.....चाय के ढ़ाबे पर सुबह सुबह ही गाना बज रहा था....ऐ राजा..राजा..राजा.. करेजा में समा जा उठावतानी कौरा बुझाई कैतना माजाअ......। चाय पीकर झुमका घर... सुवही चल गए...।
सुबह मस्त नहा धोकर राम राम जपते हुए झुमका घर की ओर जा रहा था सोचा आज नदी तीरे से जाऊं.....। थोड़ी दूर जाने के बाद एक तरफ मुंह घुमाया तो देखा सब के सब लाईन से गाड़ उघारकर लोटा लिए बैठे हैं....उसका मूंड खराब हो गया तो दूसरी तरफ देखा.... तो उधर भी सभी ने गाड़ उघार के बैठे थे। झुमका तेजी से वहां से जाने लगें कि तभी रामू उधर से लोटा लिए भागता हुआ आ रहा था। झुमका सिंह ने पुछा काहे भागे भागे आ रहे हो... तो रामू ने कहा हम भागल...भागल जा तानी बहुत जोर के मैदान आईल बा। जाते जाते रामू ने भड़ाम से पाद मार दिया। झुमका ने कहा भाग सरवा हमार नाक ही जरा देहली....। नाक पकड़कर आगे तक गया और राहत की सांस ली। नदी बहुत साफ दिख रही थी छोटे बच्चें उछल कूद कर नहा रहे थे.....औरतें बर्तन और कपड़ें धो रही थीं... सिहरावन सी हवा शरीर को छू रही थीं.....।
रास्ते में बैला मिला और पूछा... कहिया अईनी हई...
झुमका ने कहा आजे..भोर में....और हई पाऐटा कहा जातावै....
बैला ने कहा रऊरा जाई हमनी के आवतानी सन मैदान करके....फेन रामगढ़ चलल जाई साथे में...
झुमका ने कहा ठीक बावे जल्दी आवसन......

झुमका पैदल ही रामगढ़ पुल पार बाजार में जा रहा है......कि तभी.......
ठंड गर्म मौसम और उस मौसम में ये हल्की हल्की झरझराहट वाली बूंदाबूंदी, बगल में पकौड़े समोसे जलेबी की मद्धिम आंच पर तलते की महक, उस महक में डूबा पांच साल का लड़का हाथ में चाय की केतली कंधे पर प्लास्टिक के गिलास लिए, मैल में सने कपड़ें, बाल बड़े उबड़े खबड़े स्टेशन पर चाय बेच रहा था। किसकों मालूम था एक दिन वो देश बेच रहा होगा।
ये सिलसिला वहीं से शुरू होता हैं जहां पर इसका जन्म हुआ। पता नहीं कि राजनीति के किस किड़े ने इसको काट लिया और ये कहां से कहां चला गया। ये सफ़र बड़ा लंबा रहा पर मंजिल मिल गई।
अरें मैं आपको नाम बताना ही भूल गया इसका। कहीं आप गलत मत समझ लेना इनकों.....बहुत चतुर चालाक हैं। इनका नाम "धड़क गोदी" हैं।
इक्कीसवीं सदी के शुरुआत में ही इन पर आरोप लगा कि छह सौ से अधिक मुसलमानों और दो सौ से अधिक लोगों को मरवा दिया। यहां से इनको पक्के राजनीति के किड़े ने काट लिया और ये राजनीति के जंगल में छलांग लगा दिएं। फिर निकल पड़े देश को बेचन......!!!!!

मैं देश बेच दूंगा.........नहीं नहीं........मैं देश नहीं बिकने दूंगा.......भरी भारी आवाज़ में कहा उसने। आख़िर.... आख़िर इस देश ने दिया क्या है मुझे....!!! मैं सब कुछ बेच दूंगा...!! पर देश नहीं बिकने दूंगा।

झुमका के पास पता नहीं कहा से उड़कर एक कागज उनके पैरों तले चप्पल में फस गया उठाकर देखा और ये सब पढ़ें.......।

जिय हो बिहार के लाला जिय तू हजार साला.. तनीं नांची के...चाय की दुकान पर रेडियो में गाना बज रहा था। दो चार आदमी वहां बैठ कर चाय पी रहे थे बगल में एक जन अखबार पढ़ रहा था। एक ने पूछा का हो का चलता देश में.... कि तभी दूसरा झन्ना कर बोला.. 'इ ससुरा देश को बेच रहा है इहें (चायवाले की तरफ इशारा करते हुए)।
पहल आदमी - कौन ?
दूसरा आदमी - इहें चायवाला...
चायवाला (सहमे हुए) - अरे भाई हम तो चाय बनाव तानी.......हमारा तरफ हाथ कर के काहे कहतानी....।
दूसरा आदमी (चिल्लाकर कहा) - रे बुरबक पीछे देख पीछे.. ऊ फोटों दिखतावे....।
चायवाला (हंसते हुए) - हम तअ समझी हमरा के कह रहे हो।
बिल्लू (पानवाला) - अरे रामू का हो गईल कि इतना दिमाग़ गरमा बा......

चायवाला - मालूम न का लउकता.... अखबार में
रामू - रे बौका चुप और पान थूक के बोल
पानवाला हैरान होकर मुंह से पान थूक दिया और बात बदल दिया। कल की खब़र सुने? झुमका सिंह कूद पड़े बीच में और खुश होकर कहा.... का होतावै.... और रामू काहे उदास उदास बैठल बावे........।
चायवाला झुमका से पुछा...कब अईनी हई रऊरा...?
झुमका ने कहा आजे भोर में....।
पाऐटा ने कहा कुछु मांगाई....
झुमका ने सरोज से कहा खिआव ओतना दिन बाद आईल बानी....।
सरोज ने कहा... हम काहां से खिआई...ते ही आज खिआव...
बैला ने भी कहा तअ का खिआव अब....
चायवाला उनकी तरफ देख रहा था और सोच रहा था कि बस बातें करिहै सन लागता ओह बैरा से कुछु किनलन सन नाहीं....
झुमका ने चायवाले से कहा चारगो छोला समोसा दअ....
सभी ने एक एक प्लेट छोला समोसा खाया.... बगल में खड़े होकर चायवाला पैड़ा बना रहा था...सरोज ने कहा रूकअ पैड़ा खा लैवेके सरोज ने खर्चा किया 20 रूपिया.... और आखिर में...
बैला ने कहा चायहु पीये लेवै कै.... बैला ने चाय चार मंगाया...
सब ने कहा चायवाले से तहार चाय काहे फिका लागत बा...चीनी बचावें लगले का...
चायवाले ने हंसते हुए कहा चीनी सहीये डालल बावे... रऊरे लोग पैड़ा खईनी हई तअ चाय फिका लगबै करी...
सभी ने हंसा और कहा सही कहनी हई रऊरा... चाय पीने के बाद सब चल पड़े.... थोड़ी दूर चलने के बाद पाऐटा ने दो चिप्स खरिदा...सब खुश हो गए उससे भी....।

रास्ते में जा ही रहे थे कि उनको शोर सुनाई दिया.....एक बुढ़िया गाली दे रही थी और अपनी लाचारी का बखान कर रही थी...........चश्मे की बत्ती में दीपक नहीं... अब दो माह होने को हैं कहते कहते। लाठी का चार्ज भी खतम होने को चला है। दोनों झूलती आंखों पर मोतियाबिंद छप रही हैं। लोंडा हैं कि मेहरारू के पल्लू में बंधा है। सुनते हैं....कुछु कहिये तो उसे....कितने दिनों से कोहबर में है। ये भी कान से बहिर बनते जा रहे हैं। इनके कान में भी बांस खरकोचना पड़ेगा। यहां पर कौन थूक कर चला गया....। उन कर ही बड़का लड़कवा हवे....ओकरा मूंह में घाव रलअ का..... और बहुरिया काहे चिल्ला रही हैं........खाना बन गया है बुला रही है आपको। झुमका ने कहा पाऐटा से तेहि थूकली हई नू... जब आलत रनी हईसन तबै..।

पाऐटा ने कहा हम ऐजीगा थोड़ी ही थूकनी हई...होने कोना में पानी बहत रलै कलवा से...ओजिगे थूकनी.....।

बैला ने कहा ध्यान में ना आईल ना तअ बिल्लूआ से पानवो किनती खाएं खातिर......। अब छोड़अ...

झुमका ने कहा जब आवत रनी हईसन तबै एगों कागज हमरा मिलल हवै...

पाऐटा ने कहा लव लेटर रलै का..।

झुमका ने कहा ना...हई लअ पढ़लोग....

पढ़ने के बाद सरोज ने कहा अब का करी सन...लोग तअ गोदी...गोदी जपता....ओकरा समझै नईखे आवत...

बैला ने कहा उदास होकर अब धीरे धीरे सब कुछ बैचा जाई....एयरपोर्ट तअ बिहारों के कैतना दुन बैचा गईल....

पाऐटा ने कहा कही आएं वाला समय में हमनीओ कै बैचा गईल होखेम सन....।

सरोज ने कहा छोड़अ अब का कहाव....जब लोगवा ना समझी तअ हमनी के का करीसन....।

झुमका ने कहा आज सबेरे हमार मन खुश हो गईल चाय के ढ़ाबे पर गाना बाजत रलअ...।

सरोज ने कहा कौन सा गाना....।

बैला ने भी कहा हअ बताव....।

झुमका ने हंसते हुए कहा आरे ऊहे गाना...। ऐ राजा..राजा..राजा.. करेजा में समा जा उठावतानी कौरा बुझाई कैतना माजाअ......।

पाऐटा ने कहा सबेरे सबेरे मन फ्रेश होगईल होखी....।

झुमका ने कहा हां...

रास्ते में चलते चलते चलते झुमका की नजर एक फूल पर पड़ी.... उसने सब को कहा ऊ...देखअ कैतना आछा फूल बावे....

सरोज ने कहा हां बहुत आछा बावे....

बैला ने कहा एकदम नदी तीरें खिलल बा...

पाऐटा ने कहा टुड़ लाई का..

झुमका ने कहा ना रहे दअ ओजिगे आछा लागता देखकर...ऐही बात पर ऐगो लाईन याद आ गईल....

सरोज ने कहा सुनाव फेन...

झुमका ने बड़ा खुश हो कर सुनाया.....

खिलीं धूप में गुलशन को ढूंढा
ढूंढा फूल फूल की कली को ढूंढा।।

सरोज ने कहा बहुत बढ़िया लागल सुन के हमनी के... आज सवेरे बगईचा में कल (हेंडपम्प) पर नहाएं गईल रलिहई का...

झुमका ने कहा हां....नहा के आवत में रामूओं मिलल हवे...

बैला ने कहा रामगढ़ वाला रामू....

झुमका ने कहा ऊ...ना.. सरोजवा के घर के बगलें में रहैला.....

पाऐटा ने कहा हमहूँ देखनी हई जात रलअ तब....

झुमका ने कहा ताड़ी पियल बनतावे... के ना..

सरोज ने उदास होकर कहा... काहां मिलेला बुढ़वे झुकल रहे लअ सन....औरू तअ दारूओं बंद बावे...।

झुमका ने कहा के कहतावे सब बैचाला.... नरहन में हमरा मौसी के बड़ लईका बाड़न चंदन चौहान.... ऊ कहत रलै कि नदी तिरे से ओह पार उत्तर प्रदेश से नाव से सब आवेला....पुलिसों सब मिलल बावे...जब तक घर पर ना पहुंचे लअ सन तब तक लाईन आवेला जाला.... लाईनों वाला मिलले बावै....

बैला ने कहा... सारवा सब दोगले बारन सन....सरकारों बिकल बावै एकनी से....

पाऐटा ने कहा तेजी से सरकार बैचाई ना जब सब उहे बैचतावे....हेनै से कान धड़अ या होने से...बराबरे बावै...।

कोमल का दिल्ली से फोन आया.... झुमका ने उठाया और कहा बाद में फोन करता हूँ अभी रास्ते में हूँ दोस्तों के साथ..... अरे अभी रूको...। झुमका ने सुना नहीं और फोन कट कर दिया.....।

सरोज ने पुछा कैकर रलै....?

झुमका ने मुस्कुराते हुए कहा दिल्ली से हमरा दोस्त के...।

पाऐटा ने कहा तहार फोन केतना के रलै...।

झुमका ने कहा साढ़े नौ हजार के.....

पाऐटा ने कहा हमरो एगों किनै के बावे....।

झुमका ने कहा याद बावे सरोज पिछला बैर हमनी के रामगढ़ साईकिल से अईनी हईसन तब का होखल रलै....

सरोज ने कहा हां याद बावे....

बैला ने पुछा का होखल रलै....

झुमका ने कहा (हंसते हुए) होखल ई...रलै.....पिछला बैर हमनी के साईकिल से रामगढ़ केरा (केला) किनै आवत रनी हईसन....तबै ध्यान में आईल की अब आईले

बानी सन तअ पतंगों किनै लेवै के.... साईकिल हमहि चलावत रनी... कौनो ऊंचा समान आवे हमार हैंडिल ओनिऐ से जावे... पीछे सरोजवा बैठल रलअ...बार बार कहों चिकन जगह से चलाव....ऐगो खाड़ी आईल ओपर हम तेजी से उछाल देहनी के ना....सरोजवा पीछे ही रह गईल....औरू हम ऐकरा से बतिआवते...जातानी औरू ई...पीछे से चिल्ला तावे रूके खातिर.... तनी दूर जाएके बाद हमरा साईकिल हल्का हल्का लागल..... पीछे मुड़कर देखतानी तअ ई...पीछे से रूके के चिल्ला तावे... फेन दौड़ के अईलसवे औरू कहतावे ठीक से चलाव हम होने फेका गईनी हई.....केरवो सरोजवा लगे रलअ...केतना केरा हमार दबा गईल रलअ...औरू दो तीनगो गिरियों गईल रलअ....

सब बात सुनकर हंस रहे थे और सरोज भी हंस रहा था.....।

सरोज ने कहा ओह दिन खुबै माजा आईल हंसते अईनी सन औरू हंसते गईनी सन....रास्ता भर....

झुमका ने कहा हां माजा तअ बहुत आईल ओह दिनै...।

सभी अपने अपने घर कि ओर चले गए.....झुमका छत पर गया क्योंकि उसे याद आया कि कोमल ने थोड़ी देर पहले फोन किया था.... कोमल ने नहीं उठाया... कुछ देर बाद अमित और हेवंत आएं और कहें कि आज ब्लैक कैट दिखीं...

झुमका ने कहा... कहाँ मैंने तो नहीं देखा....

अमित ने कहा वो देख जा रही हैं....

हेवंत ने कहा लऊकल ना काअ...?

झुमका ने कहा हां लऊकल तअ पर करिया कपड़ा में..

अमित ने कहा..हां उहे...(मुस्कुराते हुए)

हेवंत ने कहा अब तक दोगो चक्कर लगा लेलस....

झुमका ने कहा हम अभी तक ब्लैक कैट के देखले ही नईखी...

हेवंत ने कहा चलें के का...(खुश होकर)

अमित ने कहा चलअ हाली हाली..ना तअ ऊ...चल जाई...।

सब तेजी में गए और वो गायब हो गई...हेवंत ने उदास भाव से कहा लागतावै ऊ...चल गईल....

झुमका ने कहा औरू थकावटो अलगै से हो गईल....।

अमित ने कहा बाद में फैन आई...चलअ...।

झुमका ने कोमल को फोन किया... उसने उठाया और कहा सुबह फोन नहीं कर सकते थे कि मैं पहुंच गया...

झुमका ने कहा मैसेज किया था और फोन इसलिए नहीं किया कि सुबह सुबह

तुम्हारी नींद में मैं दखल नहीं देना चाहता था....

कोमल ने कहा मुझे रात में नींद ही कहा आई...

झुमका क्यों... तुम रात भर सोई नहीं....

कोमल रात में नींद ही नहीं आ रही थी और तुमने मुझसे रात में बात भी नहीं किया....

झुमका फोन में नेटवर्क ही नहीं था.... बिहार में आया तब नेटवर्क आया... मैं इसके लिए मांफी चाहता हूं...

कोमल कोई बात नहीं मांफी मत मांगों इसमें तुम्हारी गलती थोड़ी ही है...

झुमका और बताओ....कैसी हो..

कोमल ठीक हूँ...और तुम..

झुमका मैं भी...अच्छा लगा बात करके...उस वक्त तुमनें फोन नहीं उठाया तो मैं समझा लगता हैं नाराज हो मुझसे.... पता नहीं अब कब फोन उठाओगी.....

कोमल हां वैसे गुस्सा तो बहुत थी तुमसे...पर अब नहीं

झुमका और अब नहीं क्यों...

कोमल क्योंकि तुमनें मुझे आखिर में दो बार फोन किया... और मैं पिघल गई.....

झुमका (हंसते हुए) सच में....

कोमल भी हंसते हुए हां..

झुमका कल मैं नरहन जा रहा हूँ मौसी के घर ताड़ी पीने... तुम भी आना तो तुम्हें भी पिलाऊंगा

कोमल उसमे नशा होता हैं ना

झुमका नहीं मौसा सुबह सुबह मिठा ताड़ी लाते हैं ताड़ के पेड़ से... उनको पता है कि कौन सा ताड़ी मिठा हैं....वैसे में ज्यादा नहीं पीता...दो गिलास बहुत हैं मेरे लिए...

कोमल तुम दो गिलास पीते हो...(हैरान होकर)

झुमका आरे दो गिलास ज्यादा थोड़े हैं.. वहां पर बच्चे बच्चे भी बड़े गिलास में एक ढ़ेढ़ गिलास मार लेते हैं... मैं वैसे वहां पर खाजा भी खाता हूँ... बहुत मस्त लगता है।

कोमल सच्ची में....अब तो मेरा भी खाने को मन कर रहा है... आ जाऊ क्या मैं वहां....

झुमका आ जाओं बहुत मजा आऐगा...(हंसते हुए)

कोमल नहीं मैं नहीं आ रही...

झुमका क्यों क्या हुआ....(थोड़ा उदास होकर)

कोमल कभी और आऊंगी.... चलों बाय...अब बाद में बात करेंगे..

झुमका ठीक है.... बाय..बाय..

•••

अगले दिन...तैयार होकर बाहर आया। ईया (दादी) ने पुछा काहां जातारी...झुमका नरहन... बाबा (दादा) ऐतना जल्दी काल्हे तअ अईली हई....आऊरू दिने रूक के जईहे....झुमका फैन जल्दी ही आ जाएम...। अमित महतो, हेवंत मेहतो, सरोज महतो...सब पुछने लगे...बैला, पाऐटा, रामू दूर से देख रहे थे।
नरहन चाय के ढाबे पर...एक जन ने चाय पीकर 5 रूपये दिएं और जाने लगा कि तभी चायवाले ने आवाज़ लगाया और कहा कैने जातारअ दो रूपिया औरू देके जा..
आदमी ने कहा हो तअ गईल...औरू काहे खातिर दिहिं...
चायवाला 7 रूपिया के चाय हवे...
आदमी हैरान होकर दू रूपिया बढ़ गईल...
चायवाला हां महंगाईयो तअ बढ़ गईल बावे....
झुमका मन ही मन सोचा सारकेरा पहिले पुछनी हयी नाअ
एक बुढ़े ने झन्ना कर बोला सरऊ तहरे लोग के तअ राज बावे....
चायवाला चाय गिलास में डालते हुए कहा ऐमे हम का करी...सब कुछु के दाम धाएं धाएं बढ़तावे.... हमरो महंगा पड़ता चायपत्ती चीनी....।
बूढ़े ने कहा लाड़ हमार महंगा पड़ता... ससुरा दाम बढ़ावें के बहाना खोजता.....
एक आदमी ने तोतली आवाज में कहा लाड़ बराबर तअ इहो बावे....
चायवाला गुस्से में पर कुछ कहा नहीं शांत रहा....फिर सब शांत हो गए....
बूढ़ें आदमी ने बड़े प्रेम भरें शब्दों में पुछा काहां से हवअ बाबू तू...?
झुमका हम सुवही से...
बूढ़ा सुवही में कैकरा घर के...?
झुमका भुनेश्वर महतो के घर के
बूढ़ा तू लोग नोनिया हवअ लोग....?
झुमका हां...
बुढ़ा हम जान गईनी....तहार बाबा चार भाई हवे लोग....?
झुमका ने मुस्कान के साथ कहा हां...
बुढ़ा ऐजीगा काहवां...?
झुमका अपना मौसी के घर ..
बुढ़ा ऐजीगे रहेली...?

झुमका हां नरहन में रहेली
बुढ़ा तहार ममहर (मामा का घर) काहां हवे....?
झुमका कौसड़...
बुढ़ा कौसड़ हमरो ममहर हवे....का नाम हवे तहरा मामा के...?
झुमका लक्ष्मण महतो और भूषण महतो..
बुढ़ा तब तअ तहार तीनगों मौसी होखीहन.....?
झुमका हां...।

झुमका को लेने के लिए कंचन चौहान आ जाता हैं... झुमका बूढ़े से...उठकर कहता है....ठीक बावे हम जातानी...बुढ़ा और भी कुछ पूछना चाह रहा था पर नहीं पुछा....

कंचन और झुमका दोनों साईकिल से रघुनाथ पुर से नरहन कि ओर निकल पड़े... बाजार...भीड़ और आवाज की शोर....से बाहर निकले....शांत रास्ते पर....।

झुमका रास्ते में सोच रहा था कि गांव में लोग कई दूर दूर के लोगों का अता पता...नाम...रिश्ता सब जानते है... यहां पर लोग दूर होकर भी जुड़े रहते है और शहर में लोगों को अपने घर के बाहर की दूसरी तीसरी गली ही पता नहीं होतीं तो एक दूसरे का नाम तो दूर की बात है....

कंचन तेजी से साईकिल घंटी बजते हुए खींच रहा था और कहा ज्यादा देर तअ ना नू...होखल हवे हमरा आवे में....

झुमका ना...सही टाईम पर ही अईली हई....। कौना क्लास में बारी...
कंचन ने कहा आठवां में.....
झुमका ने कहा सही बावे....पढ़ते रहों....।
जैब में से फोन की आवाज़ आ रही थीं... कंचन ने कहा फोन आवतां भईया तहार....
झुमका ने फोन उठाया और कहा बाद में करता हूँ अभी साईकिल पर बैठकर नरहन जा रहा हूँ....।

घर पर पहुंच कर झुमका ने सब के पैर छुएं....बाहर कुछ देर बैठे...एक लड़के ने कहा नमस्ते भईया... झुमका ने कहा मैंने पहचाना नहीं....फिर उसने टोपी उतारा...तब झुमका पहचान गए....धर्मेंद्र हवे...

कंचन ने कहा आव ताड़ी पीये के भईया....

पलानी (झोपड़ी) के अंदर जाकर सब ने दो दो चार चार गिलास और लोटा ताड़ी पिया। जैसे तैसे दिन बित गया...

अगली सुबह धर्मेंद्र और झुमका मैदान करने खेत में जा रहे थे कि बीच रास्ते में ही एक लड़का हगने बैठा था उसे देखकर दोनों ने कहा ये देखों बीच में ही बैठ

गया है। औरू कहूं जगहें नहीं मिली। कल पर पानी भरा और दोनों निकल गए थोड़ा दूर दूर.... मैदान करके आते वक्त धर्मेंद्र ने कहा यहां पर सब के सब शिकारी हैं... जिसे देखों वो खेत में जाल फैला रखा है.... वो देखो वहां पर भी जाल डालने आ रहे हैं (इशारा करते हुए)

झुमका मुझे तो पता ही नहीं था मैं सोचा कुछ उगा रहे हैं उसकी सहायता से.....

धर्मेंद्र ये लोग यहां पर चिड़िया फसा रहे हैं और वो देखों (इशारा करते हुए) वहां पर कबूतर के लिए जाल फैलाएं बैठे हैं...

झुमका हां सही कहा लगता है एक कबूतर फंस गया... सब छोटे बच्चें दोड़ने लगे चिल्लाते हुए धड़..धड़...धड़...पकड़ने के लिए....

धर्मेंद्र देख रहे हो लगता है पकड़ लिया.....

झुमका नहीं छुट गया.....

घर पर आने के बाद धर्मेंद्र ने कहा काअ भोला कुछु मिलल के नाअ.....

भोला ने कहा सारवा फुररर..ररररर... से उड़ गईल हवे नाअ तअ पकड़ा ही जाईत....

कल्लू सेठ काअ भोला नाअ पकड़ाईल.....हम रहतीं नू..तअ पकड़ा जाईत.....।

भोला तू का फौदवा उखाड़ लेतअ उ..जाये से पहिले ही छूट के उड़ गईल....

कल्लू सेठ चल..आव फैन से चलें के....

झुमका ने धर्मेंद्र से कहा ये रहा कल्लू से....दिल्ली से फोन किएं कि मौसी से बात कराव तअ फोन उठाकर कहा हम कल्लू सेठ बोलतानी...कल्लू सेठ हई हम....कल्लू सेठ... तीन चार बार कहा था इसने..... मम्मी कह रही थी कि कल्लू सेठ नाम रखा है नोनिया से....

कल्लू ने कहा हम चौहान हई....

झुमका असली नाम का हवे तहार....

कल्लू ने कहा आकाश चौहान...

झुमका ने कहा तहरा पापा के नाम में तअ महतो बावै...चौहान काहे लगावत बारी...

धर्मेंद्र ने कहा यहां पर चंदन भईया भी चौहान ही लगाते हैं

झुमका राउर नाम में तअ महतो ही होखी....

धर्मेंद्र हां हम लोग भी महतो ही लगाते हैं....

झुमका ने कल्लू से कहा कैहु नाम पुछी नू...तअ आकाश बताना....झुमका ने भोला को भी बुलाया और पुछा नाम का हवे असली.....

भोला ने कहा रोहित.....

झुमका आगे से अपना नाम रोहित बताना कोई भोला कहे तो उसको कहना मेरा नाम रोहित हैं.... ना तअ रोहित के केहू ना जानीं......।

झुमका ने धर्मेंद्र से कहा हमारी एक बहन की शादी महाराजगंज में हुई है वो लोग भी अब चौहान लगा रहे हैं पता नहीं क्यों.... एक बार गए उनके घर तो आसपास में किसी से पुछा तो उनको पता ही नहीं था.... बाद में एक आदमी ने कहा महतो जी के घरे जाऐके बावे....तो मैंने कहा हां...। उनके घर के बाहर भी बड़े बड़े अक्षरों में महतो लिखा था बाद में पूछा कि चौहान काहे लगा रही हो दीदी....हमनी के तअ महतो लागेला.....।

धर्मेंद्र ने कहा अब काअ कहें....

जहां देखों वहां ताड़ी.... बाल्टी में ताड़ी...डिब्बे में ताड़ी... लबनी में ताड़ी.....कंचन मुस्कुराते हुए आया और कहा... ई...छोड़ी लोग नाया ताड़ी लाईलोग...ई...बसिया गईल बावे.....

धर्मेंद्र ये पीने में माजा नहीं आ रहा है

झुमका चलों चलते हैं लाने और वहां पर पी भी लेंगे.....

धर्मेंद्र पता है ये कंचन नाअ दो तीन लबनी एक बार में पी जाता है....

झुमका हां.....मैं तो दो गिलास से ज्यादा पी ही नहीं पाता...

धर्मेंद्र मैं भी नहीं पीता हूं.....यहां आया हूँ तो कभी कभी पी लेता हूँ नहीं तो अपने घर पर बहुत ही कम पीता हूँ... मैं अपने बड़े भाई से बहुत डरता हूँ.....। एक महिने से यही पर हूँ मैं.... घर वाले भी कहते है.... घरजमाई ही बन गया है यहां पर झलक दिखाने के लिए आता है....।

झुमका ने इशारा किया वो रहा गोलू सिर पर गमछा बांधा हैं....

धर्मेंद्र रूक जांओ पहले देख लो पापा तो नहीं है ना यहां...

झुमका नहीं वो अकेले ही खड़ा है...

धर्मेंद्र दूर से ही कैतना के दे..तारअ....

गोलू आई नाअ रऊरा पी ही

धर्मेंद्र नाअ पहिले बतावअ....

गोलू फिर हंसते हुए दे देहेम पहिले पीही तअ...

धर्मेंद्र कैने बारन....

गोलू हो..आगे वाला पर गईल बारन...ई देखअ एगों लईका से भेजवा देहलन....

धर्मेंद्र ई लअ हेमे भर दअ...चंदन भईया भी पीऐंगे...मीठ बानू....

गोलू ई..मिठके पर के हवे....

धर्मेंद्र लावअ पीयावअ अब....

गोलू ने दो मग में डाला और कहा ली लोग पीही.... बाकी आदमियों ने भी एक एक मग मांगा.....

झुमका हमरा के आधा ही दअ...।
गोलू काअ भईया काहे आधे मांगतारअ....
धर्मेंद्र अभी घरों पर से पीयनी हईसन....।
बोतल में ले लेने के बाद घर को निकले....धर्मेंद्र ने कहा जब पापा (ससुर) होते है तब में नहीं आता शिकायत होता है
झुमका हां सही कहा आपने.....इस बार खाजा नहीं हुआ है..
धर्मेंद्र बहुत छोटे छोटे है अभी खाने लायक नहीं है....
झुमका पिछली बार आया था तो खाया था बहुत अच्छा लगता है....

दोनों घर पर गए तो कंचन मुस्कुराते कूदते फानते हुए बाहर आया और कहा लावअ लोग चले के पीऐ....रे कलूआ जो दलबुट लेकर आव.....
कल्लू (आकाश) हम ना जाऐम लाऐं....
कंचन रे भोलवा जो ते लेकर आव....
भोला (रोहित) लावअ पैसवा दअ...
कंचन ले जो हाली से लेकर आव.....
धर्मेंद्र ऐ कल्लू हेनै आवअ....कल्लू आया.... कअ होगईल खिसियाईल बारअ काअ.....
कल्लू नाअ बस हमरे के अहरावत रहेलन कुछु लाऐ खातिर....।
भोला (रोहित) आ गया और कंचन ने उसे एक बड़े गिलास में ताड़ी दिया......भोलवा ने झट से पी लिया तो कंचन ने कहा काअ बात बावे एके बार में पी गईले..... भोला मुस्कुराते हुए हंसा और उसके आगे से दोनों तरफ से एक एक दात टुटे हुए थे (बचपन के दात) उस मुस्कान में भी बहुत अच्छा दिखता है....।
धर्मेंद्र आरे भोला तनी आरामे से पीह....अभी हमनी के ढ़राते बावे की तहार एगों होगईल.....।
कंचन साझीखान आऊरू आ जाई.......पीयसन दबा के...गारदा उड़ा देवेके बाअ...
बाद में गोलू और ताड़ी ले आता है.... धर्मेंद्र काअ गोलू आ गईलअ ताड़ी बैच के.....हऊ हेनै लेते आवअ...कंचन ने दात दिखाते हुए हंसा और कहा भोला औरू जो दलबुट किन (खरीद) के ले आव.....

अनीस... अनुज...कंचन... कल्लू... भोला.... और चंदन भईया... ने ताड़ी पीने का हाड़ा हिसी (होड़ या बाजी) लगाया.... कल्लू और भोला पहले ही बारी में एक दो गिलास में बाहर हो गए (हंसते हुए)....फिर अनुज और कंचन भी बाहर हो गए...चंदन भईया ने हार नहीं मानी फिर खेल खतम हो गया...
अनीस ने कहा और लाव पीते हैं......

अनुज ने कहा चल अब बहुत हो गया ज्यादा मत पी....
कंचन ने कहा अच्छा वाला ताड़ी खतम हो गईल बा....
अनीस हट यार आज ही तो पेट भर पीया
अनीस और कल्लू दोनों सोई गए......
अनूज दोनों ने बहुत पीया हैं.....
धर्मेंद्र आज तो अनीस भईया भी बहुत पीऐ....
चंदन आज सच में अनीसवा पी के पूरा भंगुआ गईल.....
कंचन हां भईया सही कहलअ हवअ...
शाम को जब उठें.... कंचन उठ गईलअ लोग.... अनीस और कल्लू दोनों आंखों को मलते हुए हंस रहे थे....।
अनुज आंदर जाओं दोनों मजा आएगा.... (हंसते हुए)
कंचन हअ जा लोग खातिरदारी होखी....(हंसते हुए)
कल्लू अनीस अंदर गए तो बहुत डाट सुनीं.... कल्लू भागकर बाहर आ गया और हंस भी रहा था.....
धर्मेंद्र का होखल हवे अंदर के एतना हंसी आवत बाअ...
कल्लू कुछु नाअ.....
चंदन बाद में आएं और कहें लईनी हई आऊरू पी लअसन......
अनीस हंस रहा था और कहा आज ना काल्हे पीअब....
अनुज केने रखल बा....
कंचन पलानी में...
अनुज बाद में रातीखान पीअल जाई....
कंचन ठीक बा...

•••

जैसे तैसे रात बीती.... अगली सुबह फिर खेत में गए हगने...आते वक्त झुमका ने कहा अनीस अनुज कल्लू कंचन सब हम से पहले ही चले गए थे और आभी गए...
धर्मेंद्र मैं तो अंदर सोया था..... पता नहीं चला...
झुमका हमने कहा हमने दिल्ली में कहा था चंदन भईया को एक लैटरिंग बनवाने को....पर अभी तक नहीं बनवाया....
धर्मेंद्र हमने अपने घर के बाहर ही सामने बनवाया है....
झुमका हमारा भी बना हुआ है हमारे बाबा चार भाई हैं तो चार लैटरिंग बना है...
धर्मेंद्र सही रहता है बना होता है तो....

झुमका हां सही कहा आपने... बहुत फायदा होता है खासकर लेडीज को.....
धर्मेंद्र भईया को बनवा लेना चाहिए....।
झुमका भईया कह रहे थे कि पानी पास होने का इंतजाम नहीं है कोई सब जगह खेत है बनावै के बावे हमनीओ के एगों...
धर्मेंद्र हां यहां पर पानी पास होने का भी दिक्कत है पर हमने अपने घर पर गड्ढा खोदकर बनवाया है....
झुमका हमारा भी गड्ढा खोदकर ही बना है और पानी का नदी में मुंह खोला है....।
घर पर आने के बाद कंचन आ गईलअ लोग बहुत देर लाग गईलअ हवे.....हमनी के सब ताड़ी पीकर खतम कर देहनी सन....
झुमका चंदन भईया ने कहा था कि एक बार किसी ने उनके उस घर के पास जो दरिआव (बड़ी गंगा नदी) के पास है उसमें अपने लैटरिंग का रास्ता खोल दिया था तो लोगों ने मिलकर बंद करवा दिया और डाटा भी...और कहा गड्ढा खोदकर रास्ता बनाव अपने में दरिआव के गंदा नईखे करेके....।
कंचन हा होखल रलअ...।
कंचन ने बोतल दिया और कहा जातानी लोग तअ लेते आऐम लोग....
धर्मेंद्र हमनी के घुमें जातानीसन ताड़ी खातिर नाअ....
कंचन ली लोग लेते आऐम लोग....
गोलू के पास गए और कहा बावे... और पापा कहां है...?
झुमका वो देखों ऊपर ही चढ़े हैं...
गोलू अभी उतरे लाअ तअ देअतानी....
धर्मेंद्र ना हई लअ लेते अईहअ....हमनी के जातानी से...
गोलू घरे जातानी काअ
धर्मेंद्र ना आवतानी सन ऐनिए से घुम के.....।

वहां से चले गए आगे जाकर देखा तरकुल के नीचे बहुत से लोग बैठे हैं... धर्मेंद्र ने कहा ये देखों यहां पर लोग पहले से ही जगह छेका के बैठे हैं।
झुमका हां...बहुत लोग हैं यहां पर....
धर्मेंद्र वहां से अब यहां पर ही आएंगे....बिहार में बहुत लोग नशा करते हैं
झुमका आप भी पीते हो...?
धर्मेंद्र नहीं में कभी कबार जब पार्टी होती हैं तो दोस्त सब मिल कर पीते हैं... मैं ज्यादा नहीं पीता....
झुमका परसों जब मैं आया था तो देखा कि कंचन कल्लू भोला तीनों ने एक बोतल ताड़ी ले लिया है और कंधे पर कुदारी लिए...दियरा की तरफ निकल गए....

धर्मेंद्र हल्की मुस्कान के साथ आरे वो मूष (चूहा) मारने जा रहे हैं...
झुमका अभी भी मूष खाते हैं....।
धर्मेंद्र हां मैंने कहा था ना... यहां पर सब के सब शिकारी हैं...।
झुमका आप भी खाते हो....?
धर्मेंद्र नहीं मैं अब नहीं खाता पहले खाते थे....।
झुमका मैं भी बचपन में खाया हैं ऐसा नहीं है... पहले तो सब खाते थे.... यादव...चमार सब ....।
धर्मेंद्र एक बार तो हमने बहुत मूष पकड़ा था....
झुमका हां...क्या बात है (हंसते हुए)
धर्मेंद्र पटवनी का दिन था... लोग खेतों में पानी छोड़ रहे थे....। उस समय मैं और मेरे दोस्त सब ने मिलकर बहुत मूष मारा.... सोचें आज तो मजा ही आ जाऐगा........ कि मेरे पास फोन आया दादी टपक गई!!!!! सारा मूंड खराब हो गया.... फिर मैं छोड़ कर चला गया घर.....।
झुमका अब कर भी क्या सकते थे....
थोड़े देर दोनों शांत रहे.... कुछ देर बाद ताड़ी के पेड़ (तड़कूल) के नीचे लोग ताड़ी पीकर फीट थे...। धर्मेंद्र ने कहा यहां पर लोग मिलेंगे ज्ञानी.... एक दूसरे को समझाते रहेंगे....
झुमका ने आवाज सुनीं कि एक आदमी दूसरे को कह रहा था सारकेरा महंगाई ऐतना हो गईल बा...के कुछु खाईलो हारान बा...एक दिन हमनी के भिखारी बना दिहीं गोदिया सरकार....और भंगुआ भंगुआ के बैठे बैठे झूल रहे थे एक दूसरे का सहारा भी ले रहे थे.....
धर्मेंद्र यहां पर सब्जियां भी बहुत होती हैं.....
झुमका हां पिछली बार आया था तो देखा था.... बहुत सब्जियां थी....।
ऐसे ही दोनों बातें करते करते घर को आ गए.... कंचन ना नू लईलअ हवअ लोग.....
अनीस हट तेरी की लाये ही नहीं....
कल्लू चलअ ईबतावअ काहे ना लईलअ लोग....
अनुज बोलों भी.....
धर्मेंद्र गोलू लेकर आऐगा.... मिठा वाला नहीं था....।
कंचन आज बैना ताड़ी के ही जाऐके बावे लागतावै....
अनीस जाओ अभी नहीं आएगा यार....
कल्लू चलें के मामा....
अनुज जाओं जाओं..... तुम सब का टाईम तो हो गया है (हंसते हुए)

शाम को धर्मेंद्र ने कहा काअ भोला कैतना मिलल हवे...
भोला चारगो....ओनिऐ खा लेनी हईसन...
अनिस धट तेरी की चारगों.....
अनुज हंसते हुए आज तो पार्टी बन गया होगा.....
धर्मेंद्र ऐ कल्लू मूष के मुड़ीया (सिर) कै खाला....?
कल्लू भोलवा...
झुमका दौड़अ लोग कल्लू भोला कंचनवा हौदेन चिल्लातावे.....
कल्लू आवतानी रूकिहअ...
कंचन धड़ धड़ धड़...मिल गईलअ
कल्लू पकड़ लेहनी हमअ...भोलवा ई...रख लेअ बगली (जेब) में....
झुमका आरे वाह दूगों पकड़ा गईलअ.....

द्वार पर मछरीवाला (मछलिवाला) आया और दूसरी तरफ खेत में पेटारी जलाकर मूष में मस्त नमक मिर्च लगाकर खा रहे थे...बाद में तीनों कंचन कल्लू भोला आकर कहें मजा आ गईल हमरा...मूष के टांग में नूनमिरची (नमक मिर्च) लगाकर खाये में.....

मछलिवाला मछरिया बहुत महंगा होगईल बावे...
मौसा दरिआव से मारल बंद बावे कोरोना के चलते.... ना तअ ऐजीगा मन ही हट जालाअ ऐतना आवेला कै...
मछलिवाला एक बार देखी तअ कैसन बावे....
मौसी ठीक ठीक लगा लिहि रऊराअ....
मौसा सुनलअ हवअ नू.....अब लगावअ सही दाम.....
मौसी पिछलों बेरा महंगे देनी हई रऊराअ...
मौसा ठीक से लगावअ गोलू एक मग लाकर देदअ इनकरा कै...विद्यार्थी नाम हवें हमार (विद्यार्थी नोनिया/चौहान)...।
मछलिवाला चलीं आजे कम दाम पर देअतानी...

झुमका का परिवार भी नरहन में था....रात को झुमका और धर्मेंद्र दूध लाने उस दूसरे घर पर गए...

झुमका दूध कितना लाना है....?
धर्मेंद्र आधा लिटर....
झुमका बस इतना ही....?
धर्मेंद्र हां बाबू के पीने के लिए ही चाहिए बस...।
झुमका इसके लिए पांच लिटर काअ टिफिन ले जा रहे हैं...(हंसते हुए)....सही है

ताकि किसी को लगे कि बहुत ज्यादा ले जा रहे हैं......
मछली और ताड़ी खा-पीकर सबका मन भर गया.... घर में गोलू ने थोड़ी तोतली आवाज में कहा... काअ भऊजी काहे पतरातबारू....भाभीजी हंस रही थी मंद मंद.... झुमका की मम्मी ने कहा लागतावै भालू से गाड़ फूकवाऐ कै पड़ी...।
गोलू काअ भऊजी फूकवा दिआव काअ....? सब औरतें हंसने लगीं....। हंसी मजाक में रात बीती....।

अगली सुबह ताड़ी से शुरुआत.... भोलवा कल्लूआ कंचनवा तीनों एक दूसरे से खिसियाईल थे....।
धर्मेंद्र ने पूछा काअ होखल भोलाअ...? भोला ने कुछ नहीं बोला...
झुमका धर्मेंद्र से आज इ..सब गईलअसन नाअ...मूष मारे...
धर्मेंद्र जब भोलवा को गुस्सा आता है तो वह कुदारी लेकर मूष मारने चला जाता हैं....। जब कल्लूआ को गुस्सा आता है तो मूष मारने चला जाता हैं.....। जब कंचनवा को गुस्सा आता हैं तो पूरा खेत खोद देता है......।
झुमका कल्लूआ हमनी के सबेरे हगे गईलअ रनीहईसन तब बाधवा पर एगों बाड़का सा मूष के ओल्हल-खोदलअ रलै....।
धर्मेंद्र हां ओजिगे जो भोला मिल जाई...।
कल्लू ऊपरा कहतारअ काअ...?
झुमका हां ओजिगे.....।
ऐसे ही दिन हंसी मजाक में बितता रहा...।

3

झारखंड-3

बिहार से पश्चिम बंगाल की ओर जाते वक्त.... झारखंड राज्य से होकर गए... वहां पर किसी मित्र से मिलना और झारखंड को अंदर से देखना चाह रहे थे....। ट्रेन झारखंड में नहीं रूकने वाली थी पर हुआ ये कि किसी आपातकाल की वजह से रोकना पड़ा....। सब धीरे धीरे स्टेशन पर उतर सुस्ताने लगे....घुरने घुमने लगें.... तो कोई पानी भरने लगा...।

झुमका ने स्टेशन पर एक व्यक्ति से पूछा... क्या हुआ है आगे....

व्यक्ति पता नहीं महराज लागतावै लोग धरना देता.....

झुमका करीब गए और देखें.... हजारों लोगों की तादाद में सब चिल्ला रहे थे....बहुत शोर शराबा था उस सोर सराबे से वापस आकर चायवाले के पास बैठा और कहा एगों चाय दअ...सिर में दर्द हो गईलअ... केतना शोर मचाया है लोगों ने.....

चायवाला का करें बाबूजी लोग के पास ईतना टाईम थोड़ी हैं कि वो फालतू में आकर अपनी जान को जोखिम में डालकर.... धूप में अपनी मांग को मांग रहे हैं.....

झुमका बात तो सही कहा आपने..... आज के टाईम में किसी के पास समय ही नहीं होता.... मेरे दोस्तों को ही लेलों कभी उनके पास टाईम ही नहीं रहता.... हमेशा व्यस्त ही रहते हैं....।

चायवाला अगर गोदी सरकार विकास कुछ करती तो ऐसा नहीं होता..... लोग अपने अपने जीवन में जीवित रहते... सब उसी की कमी है.... जिससे ये सब हो रहा है.....

एक औरत आई और पूछी बिस्कुट नईखे काअ....

चायवाला नाअ...होजिगा बावे.... लेअ लो...वहां से...(दूसरी दुकान पर इशारा करते हुए)

विकास विकास की आवाज आ रही थी तो झुमका ने कहा चायवाले से इस धड़ने में

छोटे से लेकर बड़े बुढ़े भी शामिल हैं.....
चायवाले ने कहा विकास अगर दाढ़ी बाल का ना होकर लोगों का होता तो आज क्या होता......
झुमका अब गोदी सरकार दाढ़ी का ही विकास कर कहती हैं हमने विकास किया.....।
झुमका के पास फोन आया... उसके दोस्त ने पूछा कहाँ तक आ गये....?
झुमका चलों आज तुमसे मिलना लिखा था नहीं तो नहीं मिलते..... अगर ये ट्रेन ना रूकती... जल्दी से आओं बे...
चायवाले ने मुस्कुराते हुए कहा चलो इससें एक तो फायदा हुआ भईया जी....आप अपने दोस्त से जो मिल रहे है...।
झुमका हंसते हुए हां खुश तो हूँ मैं... पर कहीं उनके आने से पहले सब ठीक ना हो जाए...नहीं तो मिलतें मिलते रह जाएंगे....
चायवाले भईया जी आप अपने दोस्त से मिल लेंगे...।

ट्रेन से झांकते कई चेहरे दिख रहे थे मानों जल्दी जाने की आस हो....। झुमका ने कहा झारखंड अच्छा राज्य हैं....
चायवाला पहिले आखिर बिहार एक झारखंड एक ही था अब अलग हो गया... क्या अच्छा है यहां पर सब कुछ वैसा ही है....।
झुमका रेडियोवा काहे नहीं बजा रहे हो.... गाना सुनेके मन ना करें लाअ...।
चायवाला रेडियो खराब होगईल बावे....गाना सुने के हमरो खूबेअ मन करें लाअ...(उदास अंदाज में)
बगल में एक सज्जन पुरुष के फोन से एक गाना सुनाई दिया.... झुमका ने चायवाले से कहा हम तहार रेडियोवा लेकर भाग नाअ जाऐम मत छुपाई....
चायवाला सहमे हुए हम काहे छुपाई जब ऐजीगा हईलै नईखे तअ....। ऊ...गानवा होने से आवत बावे....
झुमका ओ... ऐजीगे से हमरा कानवा में उड़ते उड़ते आईल हवे....(हंसते हुए) हम सोची धीरे से रेडियो नीचें नीचे बजावत बारअ....
कुछ देर बाद झुमका ने अपने बैग में से खाना निकाला लीटी...घोरूआ पुआ...।
चायवाला ई...काअ खातानी रऊराअ....?
झुमका ई...लीटी और घोरूआ पुआ हवे.... लअ तुम्भी चीखों...(खाना देते हुए)
चायवाला बहुत निमन लागतावै.... कै बनईलसवै.....?
झुमका हमारी मम्मी ने.... बहुत अच्छा खाना बनाती है....चायवाले का घोरूआ पुआ की तरफ घुरता देख झुमका ने उससे कहा आऊरू चाही.....

चायवाला नाअ बहुत बावे....(घुरना बंद नहीं कर रहा था)
झुमका ने उसे देते हुए कहा लअ काहे शरमाये के बावे....
चायवाला कैसे बनता है ये सब....?
झुमका लिटी....?
चायवाला नाही, घोरूआ पुआ मरदिया....?
झुमका ने कहा इस बात पर एक कहावत याद आ गई मेरी मम्मी की......

केहू पूछलसअ घोरूआ पूआ कैसे बनेलाअ.... तअ ऐगो आदमी बतईलस की एक कड़ाही पानी डाल दअ... जब खऊले लागै तअ ओमें आटा डालते जाओं..... होखल कआ केअ कड़ाही भर गईलअ और घोरूआ पूआ नाअ बनल....
आदमी कै ना बुझाईल के पानी में बनेलाअ.... औरू जब एक बार डललसवै तअबो तअ देखे कै चाही कि एक बार घोरा गईलअ तअ आगे काहे डालीं......।

चायवाला तअ हमरा के नाअ बताऐम....?
झुमका बतावतानी सुनअ.... रातीखान दूध में आटा घोरके बिहाने तेल गरम करीके एगों कटोरा से निकाल कर कढ़ाई के बीचे में ऊझिल दअ फैन उलाटअ पलाटअ बस हो गईलअ.....समझ गईनी रऊराअ.....?
चायवाला हंसते हुए हां बुझा तअ गईलअ.....
बगल में बैठे आदमी ने धीरे से कहा लाड़ हमार बुझाईल बावे एकरा.....।
चायवाला कुछु कहनी हई काअ महराज रऊराअ.....
आदमी ने कहा नाअ कुछु तअ नाअ कहनी हई....राऊर चाय बहुत फीट बा.....(मुस्कान के साथ)
झुमका गाना तअ बहुत आछा बजावत बानी रऊराअ....
आदमी ने हंसते हुए कहा हम गाना नईखी बजावत ऊ...फोन आवत बावे हमार.....
झुमका ने कहा तअ उठा ली....
आदमी ने कहा हमरा पता बावे कैकर फोन काहे खातिर आवत बावे.... सब के नाम पर अलग अलग गाना लगावले बानी....।
आदमी ने 100रूपिया चायवाले को दिया तो चायवाले ने कहा हमरा लगे खुला नईखे.....
आदमी ने कहा 100रूपिया के खुला नईखे कईसन दुकान हवे.... खुला तअ रखें के चाहीं.... चलअ एगों औरू चाय देअ....चाय पीने के बाद आदमी ने पुछा अब तअ हो गईलअ केअ नाअ....
चायवाले ने कहा महराज हमरा लगे खुला नईखे हई ली देख ली...टटोल के....।
झुमका ने आदमी से कहा रऊराअ काहे खिसियाईल बानी बैठी हम देहतानी खुला

रऊराअ के.....चाय पीही आराम से.....।

चाय की चुस्की आंखों में गुस्सा मानों आंखों से ही कत्ल की साजिश हो रही हो.... भीड़ की आवाज़ आंखों से परे है.... भीड़ बौखला रही थीं...रूकने का नाम ही नहीं ले रही थी...। भीड़ की आंखों में ज्वाला थी अपने हक के लिए वो निडरता से डटे रहे.....। कोई चिल्ला रहा है हाय हाय कोई चिल्ला रहा है बाय बाय........आवाज कानों से फिसल रही थीं।

चायवाले ने कहा कहीं यहां लड़ाई ना हो जाएं....

झुमका ऊ....काहे भईया....?

चायवाला उधर देखों भीड़ से तो ऐसा ही लग रहा है....।

झुमका ने उधर देखते हुए कहा ऐसा लगता तो नहीं है पर होने को कुछु हो सकता है.....।

चायवाला उस ससुरा को तो देखों.... झरोखे पर ही बैठ गया है.....

झुमका गिर ना जाएं कहीं.... बंदरों की तरह चढ़ गया है (हंसते हुए)

एक आदमी आया और पिछवाड़ा खुजाते हुए बोला... लागतावै कब तक ट्रेन खुली.....

सब की नजर उसके हाथों की तरफ.... झुमका ने कहा अब जब भीड़ हटीं तबै नू पता चली.....

दुबारा आदमी ने पुछा (नाक खुजाते हुए) ये लोग काहें हो...हल्ला कर रहे हैं

झुमका जाई रऊराअ पता करके आई.....

आदमी ने बोला (जांघों को खुजाते हुए) सारकेरा विकास विकास की मांग कर रहे हैं.... इनको मालूम ही नहीं है कि गोदी का विकास उसकी दाढ़ी हो रही हैं नाअ की चीजों का.... सब कुछु तो महंगा हो गया है.... काअ बचा है जो नाअ हुआ हो....(हंसते हुए)

वह आदमी अपनी छाती खुजलाते हुए चला गया...। चायवाले ने कहा अलबते रलै मरदवा खाली हगुआवते (खुजलाते) रलै....सब हंसने लगे....।

झुमका इस आंदोलन में किसानों की संख्या ज्यादा है....?

चायवाला रऊराअ सही कहनी हई....किसान जन बहुत बारेअन.....।

धीरे धीरे मौसम बेहाल होने लगा....चाय के गिलास कब दस हो गए समय का पता ही नहीं चला.... हवाओं में धूल थी....आंखें बंद हो हल्ला तेज था.... देखने से पहले ही एक मोटी बूंद सिर पर टप हुई..... बारिश की फुहार और ट्रेन से निकले बाहर हाथ.... बारिश को शर्द गर्म महसूस कर रही थी......।

खिलते चेहरे और भिगते लोग..... ट्रेन अब चलने को तैयार हो गई....झुमका

पहला कदम ट्रेन पर रखें कि पीछे से..... आवाज आई.....झुमका..अअअअ में आ गया....हाथ हिलाते हुए दौड़ा.... दौड़ा और रूककर टाटा करने लगा.... आंखों में आंसू.... चेहरे पर मुस्कान.... धड़कन तेज और सांस नाकों को छोटी बड़ी करके बाहर निकल रही थी......धीरे धीरे ट्रेन आगे जा रही थीं.... धीरे धीरे भीड़ में दोस्त का चेहरा ओझल हो रहा था......। ट्रेन में बैठे नहीं कि दोस्त का फोन आया..... काअ बे थोड़ी देर औरू नाहीं रूक सकते थे काअ तुम....

झुमका मैं अब काअ करता ट्रेन चालू हो गई....

दोस्त मैं तो आ ही रहा था जल्दी जल्दी.... यार तुमसे मिले भी नहीं कितनी खुशी हुई थी स्टेशन पर पहुंचकर पर तुम तो ट्रेन के साथ निकल पड़े....।

झुमका कौनो बात नाही यार जाल्दीऐ मिलेंगें...।

4

पश्चिम बंगाल 4

ट्रेन में सुकून मिले ना मिले पर हर दो मिनट में... चाय गरमा गरम चाय.... ठंडा पानी पानी ठंडा.... समोसे समोसे....चने... केक बिस्किट नमकीन.... फ्रूटी.... ये जरूर मिलेगा....। दोस्त की एक लाईन याद आई...."सुना है तुम जूस पीती हो...कभी हमारे लिए भी...." इसके आगे ना मैंने कभी उससे पूछा और नाहीं कभी उसने सुनाया.... साले ने लिखा बहुत अच्छा था...।

आंखें बंद कर के झुमका सोच रहा था कि ये नींद तो आ नहीं रही फोन में चार्ज कम है अगर सो गया और उठा तो कहीं मेरा सामान गायब ना हो जाएं...गांव में कुछ भी कहों मजे तो बहुत किया.... सबसे ज्यादा तो हंसी तब आई जब एक दिन शाम को सोकर उठा तो देखा धर्मेंद्र ने अपना चेहरा छिपा रखा था.....। मैंने पूछा तो उन्होंने कहा कुछ नहीं ऐसे ही....अरे दिखाओं तो.....उनकी आंखें फूल गई थी.... सब उनका मजाक बनाने लगे...। रात को दूध लेने गए तो बहुत हंसी आई वहां पर..... नेहा ने पूछा काअ जीजाजी मूह काहे ढ़कले बानीं... तो मैंने कहा कुछ नहीं बस बाजार जाते हुए एक मधुमक्खी ने चुम्मा ले लिया..... सब हंसने लगे यही नहीं उनके घर पर भी सब हंस रहे थे उन्हें देखकर....।

सोचते सोचते रात बीत गई। सुबह उबासी भर ही रहे थे कि एक जन बैठकर चाय की चुस्की ले रहा था (भरी बड़ी मुस्कान के साथ)।झुमका ने अपनी आंखें छोटी कर मूंह अजीब सा करके उसे देख रहे थे....। झुमका ने कहा मैंने आपको पहचाना नहीं....

जन ने कहा पहचान लिहि.... हमार नाम राकेश हवे... चाय पीअब रऊराअ...?

झुमका नाअ अब सीधे कोलकाता में ही पीअब....। हम आवतानी मूंह धोकर...।

राकेश कोलकाता में काहवां जातानी....

झुमका हावड़ा ब्रिज से लगे ही रहे लाअ लोग हमरा घर के...ओजिगे
राकेश हमार तअ हावड़ा जंक्शन के सामने ही बावे.... जादा दूर नईखे....।
झुमका काहवां से आवत बानी रऊराअ....?
राकेश बिहार से आवतानी
झुमका बिहार में काहवां रहेनी
राकेश रामगढ़ में मेहदार औरू चैनपुर पासे में बावे
झुमका जान गईनी हम रामगढ़ पुल पार हमार गांव हवे सुवही घूरघाट से आरू नजदीक पड़ेलाअ....।
राकेश हां

एक चायवाला आवाज लगाते हुए आ रहा था राकेश ने एक गिलास और चाय पीया और झुमका से भी पूछा मगर झुमका ने मना कर दिया....।
राकेश चायवाले से तहरा पाऐट में से कुछु चुअता....।
झुमका काअ चुआता.... पर कुछु चुअत तअ बाअ
चायवाला कुछु गलत मत समझी लोग जी....ई...तअ रस हवे हमरो पूरा पाऐंट चटर...चटर हो गईलअ.....। हमरा मालूमो नाअ चलल....(मूंडी हिलाते हुए)
राकेश ने एक चुस्की चाय मूंह में रखा ही रह गया... झुमका उसे देख रहा था बड़ी बड़ी आंखें करके....।
चायवाले ने हंसते हुए कहा आरे घबराई लोग नाअ ई तअ रसगुल्ला के रस हवे.... पन्नी फाट गईलअ बावे लागतावै तबे गिरताअ....।
झुमका ने एक पन्नी दिया और कहा ली रख लीही...।

स्टेशन आया दोनों अपने अपने रास्ते निकल गए.....।

अगले दिन चाय के ढ़ाबे पर.....राकेश अरे काअ बात बाअ फैन हमनीके भेट हो गईलअ....(मुस्कुराते हुए)
झुमका हां....कैईसे कैईसे अईनी हई रऊराअ....
राकेश घुमते घुमते आ गईनी हई....(हंसते हुए)
झुमका हमहूँ.....
राकेश सुननी हई ऐजीगा चाय बहुत निमन मिलेलाअ....
झुमका हमहूँ इहें सुननी हई....तबै तअ अईनी हई....।
राकेश घरे निमन से पहुंच गईनी हई काल्हे...।
झुमका हां औरू रऊराअ...कौनो दिकत तअ नआ नू होखल...।
राकेश नाअ तनी भीड़ रलअ....।

झुमका सुननी हई ऐह बार खेला होखी पंश्चिम बंगाल में.... औरू बहुत बड़का खेला......

राकेश हमहूँ तअ सुननी हई...चुनाव में खेला होबे....ढेरे लोग चिल्लात रलअ....।

तभी एक आदमी ने पीछे से कहा इस बार तअ खेला होबे..।

राकेश हाअअअ

आदमी ने कहा हाअअअअअ खेला होबेअअअ...खेला होबेअअअअ (हाथ ऊपर करके)

झुमका रऊराअ तअ ऐजीगे के होखेम.....

आदमी ने कहा नाअ हम बिहार के हई....ऐजीगा चटकल में काम करतानी....।

झुमका हमरो बाबा औरू बड़का पापा ऐजीगे चटकल में काम करतअ रलअ लोग....।

राकेश पहिले खुबै काम चलतअ रलअ चटकलो में...अब ओहूं में काम जादा नाअ रह गईलअ....।

आदमी हाअअअ रऊराअ ठीक कहतानी.... अब ओतना कामों धंधा नईखे....। जब से ताला बंदी होखल देश में....।

राकेश रऊराअ तालाबंदी के बात करतअ बानी..... अभी तक हमार 15लाख रूपिया नाअ आईल हमरा खाता में...

आदमी ने कहा तअ कौन सा हमरा खातवा में आ गईलअ बाअ....।

राकेश खाली नाम खातिर नोटबंदी होखल.... औरू ईहे गोदिया सरकार के काम हवे ऐकरा बजह से कैतना मासूम लोग माई बाबू बाल बच्चा.... सब के सब तबाह हो गईलअ.....

आदमी ने झन्ना कर कहा रऊराअ ठीक कहतानी कैतना गरीब भूख से मर गईलअ कैतना लाईनें में खड़ा खड़ा दम तोड़ देहलस.....।

झुमका लोग के अपने पैसा लेवे खातिर दिन भर लाईन में लागे के पड़ों...फैनो केतना के अईसेही लौटे के पड़त रलअ...।

राकेश तअ काअ कैतना जगह पर तअ पैसे खतम हो जाव

झुमका दुल्हो के बैंक आवे के पड़ गईलअ...।

आदमी ने हाथ भाजते हुए कहा तनिको दिमाग नईखे लगावे के गोदी सरकार के बस गाड़ उघार के हग दो...

राकेश औरू गोदी मिडिया ओ हगलका के साफ करतअ रलअ.....।

चायवाला हई लीईं...पव्वा पत्ती चाय...हमनीओ के शादी खातिर कैतना घंटा इंतजार करे के परल औरू पैसों खातम हो जाव....आऊरू तअ शादी के कार्डों देखावे

के पड़ों...।
झुमका कैतना पैसा के बरबादी होखल..... नदी नाला में 500 - 1000 के नोट दहात रलअ.....
राकेश तअ काअ कैतना लोग तअ बोरा के बोरा कूड़ा में फैक आओं.... बगीचे में छोड़ आओं...।
झुमका पेड़ों के बर्बादी बहुत होखल होखी...। ऐगो मुर्गीवाला सबेरे सबेरे घुमें गईलअ रलअ पार्क में दिल्ली के बात हवे... ओकरा दूगों बोरी 500-1000 के नोट मिलल तबै चार पांचगों बिहारी ओजिगे आ गईलअ औरू हल्ला मचा के पुलिस के बुला देहलस...मुर्गीवाला चालाक बनत रलअ पर औकरा काअ मालूम के बिहारी ओकरा से चालक हवे...। मुर्गीवाला सब पैसवा लेके फुररररररररर होखे के सोचलस रलअ.....।

आदमी ने गुस्सैल भाव में कहा ऐगो तअ लोग के गाड़ फाटल रलअ औरू ईईईई ससुरा मिडियावाला हाथ में माईक लेकर दऊड़ल फिरत रलअ.....।
राकेश बैंकों से खाली चार ही हजार मिलत रलअ..... गरीब के तअ हालतें खराब होखल रलअ...कौनो अमीर लाईन में लागल नाअ लऊकल.....
आदमी रऊराअअअ ठीक कहतानी....ओकनी के अंदरे अंदरे सब नकली नोट बदलल जात रलअ औरू तअअ कैतनागो नया नोट खातिर 500 पुरान नोट के बदला में 300 रूपिया देतअ रलअ सन.....
झुमका हमारे करिब में भी ऐसा ही काम होत रलअ.....। औरू तअ 2000 के नोट के हाली से छुटो नाअ मिलों...।
राकेश तअ काअ कम से कम हजार रूपिया से ऊपरे के समान लेवे के परो....तबो कैतना दुकानी पर बाकी छोड़े के पड़ो....।
झुमका एक दो बार समान लैवेके बाद दू हजार के नोट पकड़ावअ तअ कैतना बार दुकानदार मूड़ी हगुआवे लागों...।
आदमी नोटबंदी से कुछु होखल नअ औरू बिना मतलब में कैतना आदमी मर गईलअ....।
राकेश पहिले के दिन के बातें कुछु औरू रलअ....हर जगह काम धंधा... हर जगह नौकरी चाकरी... अब ऊ....दिन पाता नाअ आईबो करी के नाअ धीरे धीरे सब कुछ खतम होत जातावै.....।
झुमका ऐही पर ऐगो बात याद आ गईल...हमारी मम्मी कहतीं हैं......

कबों कबों सोचेली ऐ भाई
अब ऊ दिन नाअ लौट के आई

अब नाअ औऊसे कोयल बोलिहैं
औऊसे नाअ महकी अमराई

आदमी ने उदास भाव से कहा ठीके कहतानी रऊराअ.... अब ऊऊऊए दिन लौट के फैन नाअ आई....आईबो करी तअ बहुत टाइम लागी.....।

राकेश छोड़ी ईईए सब अब काअ कर सकतानी सन....ईईए बताई चाय तअ निमन लागतावै नू ऐजीगा केअ....।

झुमका हां बहुते स्वाद बावे ईईए पव्वा पत्ती चाय के.... होठवां से स्वाद जाते नईखे....मन करतावै चापते रहअ...।

आदमी कैकर होठवां चापत रहे के मन करतावै....

राकेश ऊऊऊए आपने होठवां के बात करतानी.....

आदमी हाअअअअअ बात तअ ठीके कहतानी......

राकेश काअ फोन बजा... ऐ राजा तनी जाई नाअ बहरिया..।

सब काम मूंड़ खुश हो गया....।

झुमका मुस्कुराते हुए उठा ली नाअ फोनवा.....।

आदमी ने भी मुस्कुराते हुए कहा नाअ तनी रहे दी आच्छा लागतावै सुन के....।

राकेश लअ कट गया.... औरू हमरा फोन में पैसों नईखे....

झुमका ली हमरा से बात कर ली....(फोन देते हुए)

राकेश नाअ अब हम चलअ तानी काल्हे मिलेम अब....होजिगा पलंग तोड़ चाय के दुकान पर.....

झुमका ठीक बाअ जाई रऊराअ.....

आदमी भी उठ कर कहा हमहूँ चलतानी...

झुमका ने मूंडी हिलाते हुए कहा ठीक है..... मन में सोचा अब हम भी चलताअ हूँ।

•••

अगला दिन चाय की दुकान घंटों भर इंतजार..... नाअ इधर से कोई नाअ उधर से कोई..... हाथ में चाय और फिर फोन कोमल काअ आया..... कोमल ने इतराते हुए कहा अब तो मेरी याद नहीं आती होगी....।

झुमका किसने कहा पागल वागल हो गई हो काअ....।

कोमल नहीं.... तुम मुझे फोन क्यों नहीं किए दो दिन.... बोलों बोलो......

झुमका किया तो था पर तुमने ही नहीं उठाया...

कोमल अब झूठ मत बोलों.....

झुमका मैं झूठ नहीं बोल रहा.... तुमने अपनी कोलरटून में "बुलेट पर जीजा" गाना

लगा रखा है....।
कोमल मुस्कुराते हुए हां...किया होगा तुमने... मैंने देखा नहीं शायद...।
झुमका वैसे क्या कर रही हो.....(मुस्कुराते हुए)
कोमल कुछ नहीं..... और तुम....
झुमका मैं तो चाय पी रहा हूँ......
कोमल तुम तो बस चाय ही पीते रहों..... चाय पीना तो याद आआआआ जाता है और मुझको फोन करना याद नहीं रहता......
झुमका ठीक है आगे से करता रहुंगा...।
कोमल तुम कहाँ पर हो घर पर या बाहर मतलब रामगढ़ गए हो क्या.....।
झुमका मैं कोलकाता में हूँ.....
कोमल तुम वहां क्या कर रहे हो....
झुमका बताया तो चाय पी रहा हूँ.. हाहाहाहहाहहहां
कोमल हसो मत....नहीं तो मैं फोन रख रही हूं......।
झुमका सुनों तो.....
कोमल हां बोलो.....
झुमका आती क्या खंडाला...
कोमल क्या करूं आ के मैं खंडाला....
झुमका झूमेंगे नाचेंगे गाएंगे घूमेंगे फीरेंगे.....और क्या....
कोमल पर किसके साथ.....
झुमका किसके साआथ हूउउउउ...मैं हूँ नाअ
कोमल पर तुम तो कोलकाता में चाय पी रहे हो....
झुमका आउंगा तब....
कोमल अच्छा जी तो आआआआ कब रहे हो....
झुमका आउंगा जल्दी ही.... इंतजार तो करोगी नाअ....
कोमल नाअ मैं नहीं करूंगी.....
झुमका चल झूठी....
कोमल घर पर भी बात करते हो या उन्हें भी भुला दिए
झुमका कल ही किया था
कोमल और मुझे.....
झुमका सुनों एक बात कहूँ....
कोमल कहों....
झुमका तुम बहुत अच्छी हो (मुस्कुराते हुए)

कोमल चलो ठीक है....रखती हूं फोन (शर्मा कर....खुश होते हुए)
झुमका हां ठीक है..... अंदर से और बाहर से बहुत खुश मानो खुशी पानी की तरह बह रही हो......।

राकेश काअ बात बावे खुबै मुस्कात बानी.....(मुस्कुराते हुए)
झुमका नाअ कुछु नाअ बस अईसेही.... ऐजीगा के चाय बहुत निमन बावे......
राकेश हमहूँ अईनी हई देखे खातिर......
झुमका पीऐम नाअ....?
राकेश नाअ पीऐम.... तबै नू तनी फुरती आई शरीरिया में....।
झुमका शरीर देखते हुए कहा हां बाअत तअ ठीके कहतानी.....।
राकेश एक आदमी को आवाज़ लगाते हुए... चाचा ओ चाचा काहां जातानी आई बैठीं.... चाय पी लिहि तब जाऐम....
चाचा आवत बानी तनी देर में रअऊराअ बैठी ओजिगे....।
राकेश ठीक बाअ आई फैन ओनिऐ से....।
झुमका राअऊर चाचा हई काअ ई...?
राकेश नाअ, ऊ...बिहार में लोग जब कैहु से रास्तों पूछेला तअ चाचा कह के बोलेला..... बिहार में ही भेट होखल ऐजीगे साथे में काम करेलन मरदवा....।
झुमका आआआछाअ.....(मूंडी हिलाते हुए)
राकेश चाय की चुस्की के से खूब बनल बावे दिलखुश पलंग तोड़ चाय.....।
झुमका मुस्काया फिर उसकी नज़र राकेश के कपड़ों पर गई...और कहा ईईई काअ लाग गईलअ बावे रऊराअ कपड़वा पर...
राकेश कपड़े को पकड़ आगे खिंचते हुए....ईईई काअ लग गईलअ लागतावै कौनो कौवा या कबूतर हग देहले बावे.....।
झुमका हमरा लागल हवें पेंट के दागी होखी.....
चाचा आ गए.... राकेश आरे ईईई काअ चाचा ऐने से गोदी गोदी के नारा औरू ओने से खेला होई के नारा....ऐक बार में दूगों नाव पर सवार.....
चाचा आरे नाअ अभी गांधी के भी नारा लगावे के बावे....
झुमका रऊराअ दूगों कपड़ा मिल गईलअ ऐही बहाने....(हंसते हुए)
चाचा हां..... (खुशी से कहा)
राकेश तब तअ साझे तक तीनगे हो जाई.....(मुस्कराते हुए)
राकेश ने झुमका से कहा काल्ह आसाम जातानी सन हमनी के चलेम रऊरों....?
झुमका हअअ तअ काअ काहे नाअ चलेम.... ईईई बताई कब औरू कैसे चलेके बावे....(खुश होकर)

राकेश बस से चलेके बावे......
चाचा चलेम रउरो.....
झुमका ठीक बाअ अब रातें के मिलतानी.....

रास्ते में जाते हुए कोमल को फोन लग गया.... कोमल ओहो मेरी इतनी याद आआ रहीं थीं....

झुमका ओओओ तुमको लग गया....
कोमल तो किसको लगा रहे थे....
झुमका किसी को नहीं वोअअअअ गलती से लग गया....
कोमल वैसे मुझे अच्छा लगा.....(मुस्कराते हुए)
झुमका क्या कहा.....(खुश हो कर)
कोमल नहीं सुना....
झुमका नहीं..... (मुस्कराते हुए)
कोमल कुछ नहीं.. (अंदर ही अंदर खुश हो कर)
झुमका वैसे मैंने सुन लिया था...(खुश होकर)
कोमल हंसते हुए पागल......

5

आसाम-5

आसाम में सुबह सुबह ताजगी हवाओं से बह आ रही थी। चाचा उठ गए... राकेश इशारे करते हुए आंखों से...उउउ देखो चाचा को धोती खुलल जा रही है।
चाचा ने सुन लिया और कहा आपन लूंगी तअ संभालअ कहीं चलते चलते गिर-ऊर मत जईहअ....(हंसते हुए)
झुमका हंसते हुए हम तअ तउली पहने हैं....
चाचा ने झुमका से पूछा रऊराअ कब अईनी हई हम देखबो नअ कईनी हई...
झुमका रातीखान आन्हार रलअ औरू रऊराआ हमरे कांधावा पर सिर रख लें रनी....
चाचा हंसते हुए हअअअअअ
झुमका तअ काअ हई देखी राती में रऊराअ लार चुआ देले बानी....हमरा पकड़वा पर.....
चाचा बस में हमार बैठल बैठल गाड़ अकड़ गईल बाअ
राकेश हमारे .....
झुमका हमरो.....ट्रेन में सहीओ रहेला बस में पैरों पसारले मुस्किल बाअ....
राकेश आईलोग चल के चाय नाश्ता कर लेवें के....

चाय बिस्किट साथ में खाना भी मंगवा लिया। झुमका चाचा कहां है....?
राकेश आवतारन मूत कर.....
झुमका कैतना मूतेलन मरदवा (हंसते हुए)
राकेश हांहहांहांहांहहांहहाहंहां उनकरे से पूछ ली आ गईलन.....
चाचा का हो गईल बाड़ा खुश बानी लोग....
झुमका रऊरे इंतजार होत रलअ....।
चाचा खाई लोग पीही लोग.....

राकेश हमरा हगास लाग गईल....
झुमका मरदवा चाय पीते ही.....
राकेश हअअअअअ....।
झुमका जाई रऊरो ओनिऐ केनिओ मार लिही.....।
चाचा मरदवा जाअअअ हाली हाली ऐजिगे फड़फड़ा मत दिहअ.....
राकेश जा तानी.....
पेट पकड़कर दौड़ा.... झुमका मरदिया के खाएं के कौनो ठीकाने नअ रलअ...रातभर बस में चलते आईलबाड़न
चाचा सबेरे मैदान नाअ चल जाला इंकरो के.....
झुमका अब लागी तबे नू जईहै.....
चाचा मरदवा हमनी के चाय नाश्ता पर बुला कर खुदे हगे चल गईल बारेन.....

आअअअअ गईनी हाली से खाई पीही...हई झंडा उठाके गली गली घुमेके बाअ....

झुमका खाली हमनी के घुमेम सन....
चाचा नाअ ओमे 100-200 से ज्यादा आदमी बावे....
झुमका काथी के झंडा हवे ईईई....?
चाचा गांधी के.... वोट के प्रचार बावे....500 रूपिया मिली सांझीखान.....
झुमका खुश होकर अरे वाह एगो फायदा तो है.....
राकेश करेके काअ बावे घुमते रहअ लोग....।
चाचा हाली हाली खां मरदिया मेहरारू निअर बैठ गईलअ लाहे लाहे खाएं......।
झुमका राकेश से राऊरअ पकड़वा कईसे भीज गईल बाअ....
चाचा का कईलअ हवअ हो दादा
राकेश शरमाते हुए उउउ झाड़ी के पीछे गईलअ रनीहई बुझाईल हवे नअ की उउउ झाड़ी गिला बाअ.....
चाचा तहरा के झाड़ी के पीछे के कहलसअ जाएंके दादा....।
झुमका हांहहांहहहांहहांहहांहहां (हंसते हुए) हमार छोटका भईअव एक बार ऐसे ही सरसों के खेत में हगे चल गईल रलअ....पूरा भीज भाज के आवत रलअ.....के मौसाजी देख लेहनी और पूछनी ऐ भाई काहां से आवतारअ भीज भाज के.....
अनीस ने कहा ओहिमे गईल रनी हई हगे....(हंसते हुए)
मौसाजी ओमे के कहलसवे जाएं के बाबू.....
अनीस हंसते हुए हमरा काअ पाता रलअ.....
मौसीजी (अंदर से ही) रऊराअ के बता नाअ देवे के चाही जे में रऊराअ जानी ओही

खेतवा में.....

अनीस भीगकर ठिठुर रहा था थोड़ा.... अंदर सब हंस भी रहे थे...... हांहहांहहहांहहांहहांहां...... हांहहांहहहांहहांहहांहां......।

अऊसेही हाल राकेश जी के होखल बावे..... हांहहांहहहांहहांहहांहां......(हंसते हुए)

चल चलकर थक गए.... चाचा की नज़र कहीं गई.....। उन्होंने देखा सोचा और कहा......

कहाँ गईलअ कुल बंजर ऊसर
लागतावै जईसे ई गांव बाअ दूसर
जबसे ई धनकुटी आईल
कौनो घरे नाअ ओखरी मूसर

झुमका लागतावे चाचा अब रंग में आ गईलन.....(हंसते मुंडी हिलाते हुए)

राकेश के होश उड़ गए लागत तअ बावे....(हंसते मुंडी हिलाते हुए)

चाचा जादा मत सोचिलोग... आई चाय पी लेवें के....

चाय की दुकान पर एक लड़का मिला चाचा ने उसका नाम पूछा.... उसने कहा हमारे के सब पील्लू कहेलसन

राकेश पिल्लू से काहे परेशान बारअ.....

पिल्लू अब काअ कहीं आजकल कुछु कह दअ तअ देशद्रोही ही बोले लागतावे मीडिया, हमनी के देश के नाअ हई सन काअ....औरू हम परेशान नईखी गुस्सा बानी....

चाचा अब खिसिया के कुछु मीली....नाअ नू.....

झुमका केतना के तअ जयश्रीराम बुलवाया है और जौनो नहीं बोले उसे लतीया देते हैं.... इतना मारते हैं कि काअ कहें.....अब कौनो नहीं बोल रहा तो नहीं बोल रहा..... यहां तक कि मियां से भी गाड़ी रूकवाया उस कहवाया... नहीं तो खूब पेला पटक पटक के.....

राकेश कितने जगह पर हुआं था ऐसा.....

झुमका अगर कोई नहीं बोल रहा तो मार काहे रहें हों....

चाचा ये सब गोदीभक्त है....साले

राकेश सारकेरा गोदिया सरकार जंगल राज बनावे की चाह रही है.....

चाचा बिहार जैसे कबहूं ना बना पईहन.... जैसे पहिले बिहार में रअलअ.....

झुमका हमार चंदन भईया कहेलन बिहार में पहले सिवान अकेले के जाएं में डेराई..... सांझी के केहूं के लईका अकेले निकल जाअई मोटरसाइकिल लेके तअ ओकर महतारी रोई औरू हाथ जोड़कर कहीं निमने से हमार बाबू घरे वापस आ

जाव.... भगवान के लड्डू चढ़ावे.....

दिने दिने मोटरसाइकिल, लोगों के उठा लेहल जात रलअ....। ऐजिगे कैसे कैसे प्रशासन के आवाजाही होखल बावे फिर भी बिहार में सब डरें डरें रहते हैं.....कोरोना काल में खेत में लखेड़ दिया था.....।

चाचा तअ काअ कबो कबो तअ पुलिसो के हगवा-मुता देते हैं.....

राकेश सारकेरा उहो तअ लतखोर होखेलअसन पैसों लेलसन....

चाचा पाता नाअ ससुरा ईईई गोदिया जित कैसे जा तावे....

चायवाला पर ऐजिगे तअ गांधी के ही सरकार बनी लिख कर लें लिही....

चाचा तूं काअ मंतर फूकले बारअ काअ.....

चायवाला देख रहे हो झुमका ससुरा देख भी नहीं रहा तनिक हमारी तरफ...!!!!!!

झुमका हाअ देख तो रहें हैं....

चायवाला बड़का आदमी हो गया है....झांकी पारे भी नहीं आता है अब.....

एक आदमी अपने बच्चे को कहा कि उसके साथ मत खेला कर तुझको ही बेच आएगा.....!!!!

चायवाला झुमका से काअ मतलब....?

झुमका मतलब उउउउ लईका इनकरा बच्चा से ढ़ेर चालाक बावे.....।

6

चैन्नई-6

साला ट्रेन में भी कैसे कैसे नमूने मिल जाते हैं हिजड़ों को भऊजी बोल कर रफा-दफा करते हैं....आपस में ही हल्ला-गुल्ला कर लड़ते झगड़ते हैं बाद में शांत एक दूसरे का मूंह तक नहीं देखते.... लड़ने के बहाने भी खोजते हैं....। ट्रेन में चार पांच लड़कियां ऐसी होती हैं जो बार बार चक्कर लगाती रहती है...

ट्रेन में एक आदमी झुमका को मुस्कराते हुए देखा और कहा हमार नाम राघव ओझा हवे....

झुमका झाड़ फूंक करते हों काअ....?

ओझा नाअ नाम हवे हम तअ राजमिस्त्री हई....

झुमका मूंडी हिलाते हुए..... सही है...... कहां से हई रऊराअ....?

ओझा हम बिहार से हई....सार (साला) लगें से आवतानी और रऊराअ.....?

झुमका हमहू बिहारे से हई....(हंसते हुए)

ओझा लागते रलअ..... अगले स्टेशन पर हम उतरेम....

झुमका मुस्कराते हुए हमहू ओजिगे उतरेम....

ओझा लागतावे लगे लगे ही जाऐके बावे.....

झुमका ईईई तअ निमने बात बाअ.....

ओझा हंअअअअअअ.....

उतरने से एक स्टेशन पहले ओझा ने मूंह बनाकर कहा पता नाअ सरवाअ कौन सालाद खाके नाकवे सड़ा देहलस....।

झुमका ने कहा हमारी मम्मी कहती है........

रहली तीने जानी पदली कौन जानी...।

सब एक दूसरे का मूंह निहारने लगे बगल में बाबा बैठे थे उन्होंने भारी बूढ़ी आवाज़ में कहा.....तोहरा माई के चौदों.... अभी सलाद इइइहेएए खईलसअ..... अपने पाद ठूससससससस.... से मार के हमनी पर इंल्जाम थोपतावे...
सब हंसने लगे हाहीहाहीहा.....हांहहांहहहांहीहांहहांहां हांहहांहहीहांहहांहहांहां......
ओझा शर्म से मूंडी झुकाएं रहा.....सब को हंसता देखकर फिर धीरे से कहा बाबा रऊराअ गरियाई तअ मत......
बाबा आखिर में पकड़ा ही गईलअ....गाड़ धोएं के लूर नअअ चललन हवअ होशियार बने......

शांत शांत और शांत माहौल उतरने तक शांत ही रहा.... इसी तरह ट्रेन का सफ़र बीत गया......। चाय की खुशबू दूर तक आ रही थी चायवाले की दुकान से......। एक आदमी दुकान पर आया मूंह में पान लिए...... कहा दूगों चाय दो....
चायवाला समझ नहीं पाया कि क्या मांग रहा है....(वैसे समझ तो किसी को नहीं आ रहा था) उसने पूछा क्या चाहिए.....
आदमी इसारा करते हुए कहा दो उंगलियां दिखाकर..... दूगों चाय....
चायवाला पूरा-पूरा नहीं समझा फिर से पूछा......
आदमी ने पान थूककर कहा अलबत बूरबके हवअ काअ...हमार पान रूकवाकर ही मनलअ....ऐतना महंगा हो गइल बाअ....
चायवाला देतानी.....रूकी तनीं.....
झुमका एगो हमरो के देअ दअ चाय....
चायवाला ठीक बाअ....
कुरमी चायवाले से आज भैसा नाअ आईल काअ बात बावे....
चायवाला अब हमरा का मालूम....हअउउउ देखअ आवत तअ बारेन.....
भैसा जल्दी से 50गो समोसा करदी....
चायवाला रऊराअ ही खातिर रखले रनी हई....लीही...
भैसा समोसे को हाथों से छू...छूकर देख रहा था कि गर्म है कि नहीं...
चायवाला रऊराअ ईईई काअ करअतानी....
भैसा देखतानी कहीं बसिया तअ नईखे नूउउउ....
झुमका ये तो जवान पूरा पहाड़ की तरह है..... वैसे कौनो अखबार ओखबार नहीं पढ़ता है क्या.....
एक आदमी पूरा पूरा अखबार में घुसा हुआ था झुमका ने उससे पूछा रऊराअ तअनी मूंह तअ देखाई....
चायवाला उउउ काअ दुल्हनिया है कि मूंह दिखाई करेम.....(हंसते हुए)

झुमका ने देखा तो वे ओझा ही मूंह अखबार में दबाएं बैठे थे....
चायवाला हमार अखबारवा फाड़ मत दिजिऐगा....
झुमका काअ काअ पढ़ें....बतावो तनीं
ओझा धड़क गोदी विदेश गए हैं....
चायवाला ईईई गोदिया हमेशा फरार ही रहेलाअ विदेश में...
एक अधउम्र आदमी मूंह में समोसे ठूंसे हुए कहा कब भारत में रहेगा ये...जब देखअ तब विदेशे में..... एक और समोसा दों....(चायवाले से)
ओझा एगो खतम नाअ होखल मूंह में के औरू दोसरो ठूसल जातावे....
झुमका ने कहा ईईई माहपातर वाला हाल बाअवे..... हमारी मम्मी कहती हैं........एगो खतम नाअ होखल की दुसरो खातिर मूंह बावाईल बावे....
ओझा हंसने लगा......हांहहांहहहांहीहांहहांहां और तेज़ जोर जोर से हंसने लगा..... हांहहांहहीहांहहांहहांहां हांहहांहहहांहीहांहहांहां
चायवाला ओझा की तरफ देखने लगा फिर कहा काहे हंसतानी काअ बात बावे.....(आंखों से इशारा किया)
ओझा ने बात दबाते हुए कहा उउउ हमरा गांव में एगो बूढ़वा के बैल घसिट देहतसवे
चायवाला कैसे
ओझा बुढ़वा के गौर (पैर) में रस्सी फंस गईलअ रलअ...
चायवाला कहल नाअ जा लाअ.....गाय नआ बाछा, नींद परे आच्छा....

चुस्की पर चुस्की लग रही थी...... कोई इसे निहारें.... कोई उसे निहारें.... कोई सिर खुजाएं.... कोई कुछ और.... इतने-इतने में एक गाड़ी आकर रूकी.... चाय मांगा और कहा फेन से लॉकडाउन लागे वाला बाअ काअ.....?
चायवाले ने कहा सुनें में तअ आईल बावे.....अब देखें के काअ होताअ....लागी के नाअ...(उदास भाव से कहा)
इस बात ने सब को इस तरफ़ खींचा....सब हैरान.....एक चाचा ने दूर से ही कहा.... गाड़ फाट गईलअ बावे पहिला बेर से.....
ओझा चाचा ऐनिऐ कान गड़वले बारन.....(हंसते हुए)
झुमका बात तअ निमने कहतानी....लोग के हालत बदतर से बदतर हो गईलअ रलअ औरू केतना लोग तअ कामों से हाथ धो बैठलसअ.....
चायवाला बहुत लोग मरियो तअ गईल एएए महामारी से...
झुमका भूखमरी भी हद से ज्यादा रलअ औरू केतना दुकानदार समानों पर दाम बढ़ा देवे........ सबसे बुरा तअ तब लागल जब एगो आदमी मरा हुआ कुत्ता खाएं लागल सड़कें पर.......

ओझा हमहू सुननी.....
चायवाला ओकरा कैतना हिम्मत बांधे के पड़ल होखी.....
झुमका ओह बेरा हमें हमारे एक दोस्त की बात याद आई.....जब उसने कॉलेज में कहा था.....

हमें इंसान को भी खानें के लिए तैयार रहना चाहिए.... यदि मेरे पास कोई चारा नहीं होगा तो तब मैं तो खां जाऊंगा.......जब कभी ऐसी विपरीत परिस्थिति आ जाएंगी तब..... मैं तो तैयार रहूंगा खाने के लिए.....

यह सुनकर कितनों ने हां कहा कितनों ने ना.... कितने घिनायें इस बात से....।
पान वाले की गुमटी बग़ल में ही थी सिर बाहर निकल कर झांक रहा था और कहा.... कितने लोग तो लॉकडाउन में बाहर निकल कर झांक रहे थे कि कौनों बाहर निकल तो नहीं गया नाअ....
चायवाला बिल्कुल रऊराअ नियर जैसे अभी झांकतानी.....
सब हंसने लगे हाहीहाहीहा हांहहांहहीहांहहांहहांहां हांहहांहहहांहीहांहहांहां हांहहांहहीहांहहांहहांहां पानवाला शर्म से मूंडी झुकाएं अंदर कर लिया और टुकुर-टुकुर ताकने लगा सबकी तरफ......
ओझा पान वाले से पूछा रऊराअ लॉकडाउन में कहां रनी हई .... हमनी नियर घरे में होखेम....
चायवाला हंसते हुए तअ काअ बन में होखेम.....
पानवाला हम तअ गांव ही चल गईल रनी पहिले ही....
ओझा हमनी के ऐजिगे घेरा गईनी सन.... गाड़ फाट गईलअ रलअ औरू खाएं पीएं के भी दिक्कत हो गईलअ रलअ....
बुढ़वा ने बड़ी आंखें कर ओझा कि तरफ देखा..... और कहा सब मैलवो (गंदगी) छोड़ा देबअ काअ ओमे....ओह बेरा से देखतानी...खैनी के रगड़ते बारअ......
ओझा ने दो-तीन बार थप-थप किया कि सबको खांसी उपट गईं....
एक फोन आया ओझा के पास....तेज़ से हैरान होकर कहा काअ बाच्चा भईल बाअ.... हुआ होगा किसी पड़ोसी के घर.....दूसरा फोन आया तहरा काम नईखे करें के तअ मना कर दअ....इइइ काअ बोलेके बावे कि बाच्चा होखल बावे....तहार होखल बावे..... हांहहांहहीहांहहांहहांहां हांहहांहहहांहीहांहहांहां....
बाबा ने पूछा ओझा से काअ हुआ....
ओझा ने कहा बाच्चा होखल बावे..... हंसने लगा हांहहांहहीहांहहांहहांहां हांहहांहहहांहीहांहहांहां.......बतावो मरदवा झूठों अईसन बोलअ के लोग पतिया जावों.....तअ बाच्चा भईल बावे.......

सब ठहाका लगाने लगें। हांहहांहहीहांहहांहहांहां हांहहांहहहांहीहांहहांहां हांहहांहहीहांहहांहहांहां हांहहांहहहांहीहांहहांहां

बाबा ने कहा हमार पेटे दुखा गईल हंसते हंसते.....

चायवाला एगो बात पूछी रामायण महाभारत तअ देखिए लें लें होखेम लोग लॉकडाउन में......

ओझा हां......औरू कामें काअ रलअ दूपहर में महाभारत रात में रामायण.....

बाबा इइइइ तअ मत कहीं की आउरू कामें काअ रलअ....औरूओ तअ एगो काम रहेला....उउउउहे (इशारे से कहा)

ओझा इइइ सब छोड़ी इइइइ बताई लॉकडाउन में दिया टॉर्च जलईनी लोग....

चायवाला कुछ भी कहीं मज़ा तअ बहुत आईल ताली-थाली बजाएं में.....

बाबा हम तो सोचें कुछ और बजा रहे थे

चायवाला हां वो भी....(हंसते हुए)

बाबा घरें बैठल बैठल गाड़ दुखा जाव तअ देह दुखा जाव....

सामने ठेले पर एक आदमी लहसुन बेंच रहा था तीन औरतें आई और बिनने लगी.... एक औरत ने कहा इतना काहे उड़ा रहे हों....दूसरी ने कहा पत्नी से करा लिया करो घर पर ये सब.. थोड़ा आराम रहेगा (हंसते हुए)

ठेलेवाले ने कहा अभी शादी नहीं हुई हमारी.....

पहली औरत ने कहा क्यों??

ठेलेवाला हमारे में शादी जल्दी नहीं होती......

झुमका लेट होती होगी 30 साल तक......

ठेलेवाला नहीं... अभी तो हमारे भईया की शादी नहीं हुई वो ही 35 साल के हो गए हैं.....

तीसरी औरत कौन सी जाति है आपकी.....

ठेलेवाला बनिया.....

पहली औरत तभी तो..... पैसे बचाते है

दूसरी औरत सोचते होंगे की उड़ानें वाली आ गई तो कुछ बचेगा ही नहीं.....

तीसरी औरत सुना है कि बनिया लोग चटनी रोटी ही खाते हैं

दूसरी औरत हाअ आचार रोटी पर ही दिन गुजर जाता है

पहली औरत तो काअ ऐसे ही तो ये लोग बटोरते हैं.....

हंसी-मजाक का माहौल और चाय की दुकान पर भी सब हंसने लगे......

रात में, कोमल के साथ..........

सुनो सो गई क्या?

नहीं और तुम....?
हां...मैं सो गया....
अच्छा तो मैं फोन रखती हूं....
अरे नहीं सुनों तो.....
हां बोलो....
सब सो गए क्या....?
हां बस मैं जगीं हूँ.....
तो तुम क्यों जगी हो तुम भी सो जाओं नाअ....
बात नहीं करनी क्या....?
करनी तो है बहुत....
तो करो नाअ मैंने मना थोड़ी किया है.....
पर तुम सो जाओं तुमको नींद आ रही होगी....
मुझको नींद नहीं गुस्सा आ रहा है....
पर क्यूँ.....?
तुम्हारी बातों से.... अब मुझे बात नहीं करनी
अरे रूको तो....
नहीं मैं नहीं रूक रही बाय और तुम सो जाओं......

7

तमिलनाडु-7

झुमका एक बात याद आ गई चंदन भईया कहेलन..... कहीं.....
बैठा और लालटेन काअ कहेलन कहीं.....
झुमका चंदन भईया एगो बात बतअवलन अपना गांव के बारे में.......
एक दिने 10-12गो स्कारप्यो गाड़ी लेकर नरहन गांव में लाश लेकर आईल रलअ सन.... डोमिन के बाद में कहलसन के ऐमे से कौनो एगो गाड़ी रऊराअ के पसंद बावे ले लिही.....डोमिन ने कहा हम काअ करेम रऊराअ 10 हजार रुपिये दे दिही.....तो उन लोगों ने कहा हम अपना खुशी से देत बानी.... रऊराअ 10 हजार रुपिये में खुश बानी.... फिर से पूछा खुश बारू नूउउउ.....डोमिन ने कहा हांअअ.....उन लोगों ने 30हजार रूपए दिए.......और चलें गए.....। बाद में जब ये बात डोमिन के बेटे को पता चलीं.... उसने सिर पर हाथ रखकर अफसोस जाहिर किया और अपनी मां को बहुत बोला....। धीरे धीरे ये बात गांव में फैल गई.... राजपूत भी जाकर उसकी मां को कहें.....तहरा गाड़ी नाअ चाहित लें लेहतू....हमही किन लेती 2लाख दें देहती..... ये सुनकर डोमिन के होश उड़ गए.... उसने कहा 7-8 हजार के गाड़ी रलअ उउउ तबो तअ 10 हजार मंगनी हई.....। उउउ हमरा के तबो तअ 30 हजार देहलवसन..... गांव वालों ने कहा पतों रलअ उउउ कैतना के गाड़ी रलअ.....कम से कम 15-20 लाख के गाड़ी रलअ......अब डोमिन सोच में पड़ गई..... गांव भर में बस यही बात चल रही थी.....।

लोटन ने कहा चायवाले से.....इइइइ काअ चलता देश में हर जगह......
चायवाला काअ... चलतावे रउरे बता दिही.....
लोटन हम तअ तहरा से पूछतानी.....
चायवाला हमरा तअ नईखे मालूम..... तहरा मालूम बावे बैठा जी....

बैठा (मूंह में चाय लेकर होंठ बड़का करके) मूंडी हिलाते हुए कहा नअअ.....
लालटेन हां उउउउहे तअ.... रोजगार खातिर अभियान.... गोदी रोजगार दो.... गोदी रोजगार दो.....ऐमे इइइहेएए कहलजातावे के आज रोजगार मांग रहे हैं कल गर्लफ्रेंड मांगेंगे.....
चायवाला मालूम नाअ रअलअ हमरा नाअ तअ धड़क गोदी के वोट नाअ डलती.....हमार लइकवो कहतावे रोजगार नईखे......
लोटन सही कहनी हई रऊराअ....लइका सन रोजगार खातिर जातारनसन तअ रोजगार ही नईखे औरूओ जहवा बावे तअ उउउउउ 6000 हजार से ज्यादा देते नईखन सन.......अब एमे काअ करअ सन......
बैठा ने उदास होकर कहा हमहू तअ बैठल ही बानी...... रोज़ रोज़ घर से ताना मिलतावे काअ करी......
चायवाला काअ कहीं हमहू पहिले जईसन अब लोगों नईखे आवत......नाअ तअ लाईन लागल रहत रअलअ पहले..... रोजगार के मार पिटा गईल बाअ.....।
लोटन ने कहा संभलिहअ......हावाअ के साथे कोरा में मत आआआ जईहअ.....
बैठा नाआनाआ.....इइइइ एतना तेज़ हांवाअ काहे दून बहे लागल.....
चायवाला लागतावे की बारिश होखी....
झुमका लअअअ इइइइइ तअअअ होखेहू लागल....
लोटन हमरा के तनी अंदर आवे दिइइइ लोग....हम तअ भीगीए गईनी सारकेरा.....
बैठा आई...आई.... इइइइ तअ झटास मारतावे....अब लागतावे भीजा के ही मानी.....
झुमका आज दिन तअ केतना आछा रअलअ.....
लोटन इइइइ बिन मौसम बरसात हवे....औरू पूरूवआ बहता.....
ओट के चटनी खाएं हो.....झुमका ने मुस्काते हुए कहा
चायवाला लोटन से कहा रऊराअ तअ खईले ही होखेम....
लोटन अब बिस्कुटिया के चटनी खाईल रह गईल बावे....(हंसते हुए कहा)
एक घंटे बाद चलअ आखिर बूनी रूकिए गईल (झुमका ने कहा गिलास रखते हुए)
लोटन चायवाले से तनी पानी देहम पीएंके...
चायवाला बरसात रूकते रूकते रऊराअ तरासो लाग गइल......तनी कमे पीएम नाअ तअ मूतासो लाग जाई.....
सब हंसने लगे हाहीहाहीहा हांहहांहहीहांहहांहहांहां हांहहांहहहांहीहांहहांहां हांहहांहहीहांहहांहहांहां
एक आदमी आया गुटखा थूककर बोला एगो चाय दअ..... आज के समाचार काअ

बावे....?

चायवाला मालूम नाअ...हो देन रखल बावे अखबार पढ़ लिही....औरू हमनियो के बताई....

आदमी ने पूछा कैनै बावे.....?

चायवाला हो ही देले तअ रखल बावे.....

आदमी ने अखबार उठाया और पढ़ने लगा.....

चायवाले ने कहा केअकर मुर्गी अंडा देतिया संजय.....

संजय उउउउहे मुल्ला जी के मुर्गी.....दू....दूगो... देतियां रोजे....हऊ देखअ लेईयो जाता वे मरदवा....20₹ के एगो देतावे....

चायवाले ने कहा संजय हउउ मास्टर जी काहे चपचपात बानी.....

संजय औकर मोबाइल कौनो ले गईल....

चायवाला अब लहंगवा नाता चलावत रहले अवरू काअ होई..... हैती चुकी तअ दर्जी के दुकान बावे....ओही में जैकरा मन ओकरा के बैठा लेवें के बावे.....

संजय छोड़ी उउउउ सब....

संजय मालूम बावे रउराअ....

चायवाला काआअअअ...

लाखन भाई बिदेश गए थे और वहां पर उनका उनका गाड़ ही फट गया......ससुरा बहिरा होकर लौटे हैं....।

चायवाला उउउ कैईसे....?

संजय सालों ने सफेदी में ग्राईंडर थमा दिया और उसकी आवाज ने फाड़ कर रख दिया......

लोटन ने पूछा का.......?

संजय कान का पर्दा..... फिर वो फरफरा कर भागने को तैयार हुएं..... पैसे भी बर्बाद और आफ़त भी साथ......

झुमका एक बार ऐसा ही नरहन के चार पांच लड़कों के साथ हुआ हमको चन्दन भईया ने बताया था कि उनको गए अभी एक हफ्ता ही हुआ था कि वहां पर किसी नौजवान की मौत हो गई......! वहां के मालिक ने कहा अपने आदमियों से की इसे फैंक दो भट्टी में.... उन्होंने ऐसा होते देख लिया हंगामा करने लगे उन्होंने सोचा कि कहीं हमको भी कल ऐसे ही फैकवा दे.....और इन्होंने ही देखा था सब वर्कर इकट्ठा हो गए और कहा इस मालिक को ही भट्टी में डालो.......कम से कम उसके घरवालों को तो देना चाहिए था ना.... वो मर गया तो!........ फिर हुआ ये कि इंडियन एम्बेसी को खबर लगी और वह फौरन पहुंच गई..... ये पांचों फिर वहां

से इंडिया आने का निर्णय लिया.... रास्ते में वो मालिक फिर पहुचा अपने गुंडों के साथ बीच रास्ते में गाड़ी रोकवाई..... सऊदी में गाली दिया ये चुप रहें.... सोचें कहीं फंसा ना दे......।उसी के गाड़ी से एयरपोर्ट तक आएं.... एम्बेसी ने उसी की गाड़ी से छुड़वाया..... गांव में आकर सब बात बताई और आखिरी में कहें कम से कम एयरप्लेन में तो बैठें.....।

चायवाला हम तो ईहे कहेंगे...दू रूपिया कम कमाओं...पर अपने माटी से जुड़े रहो.... वहां पर कैसे रह रहे हैं कौन जानता है.....नाही इंडिया है कि झट से ट्रेनवा पकड़ कर आ जाओगे.....।

जेब में घड़घड़ाहट होने लगा देखा तो कोमल का फोन आया है.....हेलललो.....

कोमल हेल्लो....दो बार फोन किया मैंने उठाया क्यो नहीं...?

झुमका फोन जेब में था आवाज़ बंद थी सुनाई नहीं दिया...।

कोमल ऐ बताओं कैसी दिख रही हूं....?

झुमका अच्छी दिख रही हों पर झरोखा से नीचे उतर जाओं....

कोमल क्यों????

झुमका उउउउ देखो पीछे.... बंदर

कोमल ममम्मी भागों...... अंदर से आवाज आई क्या हुआ... कुछ नहीं... चलों में फोन रखतीं हूं......।

8

केरल-8

चायवाला 2रूपिया बावे खुल्ला.....
धवन ऐतना रूपिया रहित तअ हम बिहार चले जाते...
चायवाला हैरान होकर क्याअअअ..?
धवन हम कहनी हई कि 2रूपिया में हम सूत के बिहार चल जईती.....
चायवाले के पांव तले जमीन खीसक गई.... वह सोचता रहा कई घंटों तक...........

साहिल आप चाय बड़ा अच्छा बनाते हैं......।
झुमका इइइइ तअअ बात रऊराअ ठीक ही बोलनी हई...।
लोलू ने खखारकर बोला ऐमे कुछु आवरू तअ ना नू डालेलअ
चायवाला सब हाथ के कमाल बावे.....।
झुमका ने कहा हमें हमारी मम्मी की बात याद आ गई इसी बात पर तो कहते हैं **ध्यान से सुनिएगा......**
एक पुरनिया (बुढ़िया) ने एक भौज में रामगढ़ गांव में एक छोटे-से कुत्ते के पिल्ले को कराह में डाल दिया, छुपके से......जब बन कर तैयार हुआ ढक्कन हटाया तो वह फूल कर पक चुका था.....!
पुरा याद नहीं है मुझे कि लोगों ने खाना खाया तब देखा या खाना खाने से पहले..... शायद खाना खाने के बाद दिखा!!!!!
चायवाला बताव अलबते पुरनिया रलीहई....
झुमका एक बात और उसी ने सुवही गांव में भी एक बकरी को आग में फैंक दिया जब किसी का पलानी (झोपड़ी) जल रही थी.....बाद में लोग जब ढूंढने लगे तब पता चला कि वो कुत्ता नहीं बकरी जली पड़ीं है....।
चायवाला कैसन कैसन लोगों बावे....! (उदास भाव से कहा)

साहिल इइ सब छोड़ी...रउराअ एगो कविता ही सुना दी मुस्कराकर कहा....।
झुमका हंसते हुए ठीक बावे सुनी.....

एक लड़की थी दिवानी सी
एक लड़के पर वो मरती थी
फिर, फिर क्या हुआ.....
फिर वो मर गई,
जिस तरह सब मर जाते हैं, अंत में

चायवाला का बात बावे बड़ा खुश होकर कहा
साहिल बहुत सुंदर मुस्कराकर कहा

लोलू ने कहा चायवाले से एजिगा राजमिस्त्री के काम के कुछु खबर बावे रउराअ के.....
चायवाला हां छुटपुट होतावे.... रउराअ काम धाम भूल जाई गोंदिया ने एक चिड़िया थी रोजगार की उसे खा गए....!
लोलू सही कहतानी कामे पीट गईल बावे......! हम छिछियात फिरत बानी....।
चायवाला गोदी राज में गाड़ घिसिटत रही...।
लोलू एगो तअ लॉकडाउन गाड़ फाड़ देहलस.....तब से ना काम ना धंधा...।
चायवाला पता ना इइइइ मास्क कब हटेगा.....दिन भर बैल के जांबी नियर लगवले रहअ....।
झुमका हटेगा जल्दी हटेगा....
चायवाला अभी फेन से लॉकडाउन लग रहा है तो क्या हटेगा
लोलू फिर से लगेगा... लाठी भी... मास्क भी...और लॉकडाउन भी....।
झुमका वेक्सिन लगवाया है क्या.....
चायवाला नाअ हम नाअ लगवईनी हई
लोलू हम एगो लगवले बानी.....दुसरका अभी बाकी बावे.....।
झुमका चायवाला से पुछा रउराअ काहे नाअ लगवईनी हई...?
चायवाला सारकेरा केतनागो मर गईल हवअसन..... केतना के तअ बुखारे नईखे छुटत.....! ओही से नईखी लगवावत हम.....
झुमका लगवा लिजिएगा हमहु लगवाएं है तनिक हाथ में दर्द रहा फिर ठीक हो गया....
चायवाला राउरअ तबियत खराब नाअ होखल बुखार ओखार नाअ आईलअ....?
झुमका नाअ...... ओकरा के ही ज्यादा पकडतावे जे कमजोर बावे काम ओम नईखे करतअ..... रउराअ सुई लगवा के आवे के बाद सुतेम मत काम धंधा करते रहेम

टाईम टाईम पर खाना खाते रहेम भूखे पेट मत रहेम.......कुछुओ नाअ होखी.....।
लोलू अब तअ तीसरो डोज्स निकल गईल....
चायवाला ऐ मरदिया...अब काअ लगावते रहेके बावे काअ....दूगो लाग गइल बहुत बाअ.....
झुमका अब हमार चायो खतम हो गइल चलतानी हम...
चायवाला आरू पी लीही बनावते तअ बानी....
झुमका नाअ रहने दिजिए...कल आएंगे दुबारा....घाटा घेर रहा है अब......

♦♦♦

अगले दिन रास्ते में एक दोस्त का फोन आया....
हेललो... अंकित....
हेलो भाई क्या हाल है...
मैं ठीक हूं....अब काम का बता भी दो
भाई हालचाल तो पूछ ले..... सीधे काम की बात
अरे पूछा तो था मैंने भी तो कहा तुम बताओ.....
चल ये बता क्या हालचाल है
मैं भी ठीक हूं भाई.... मैं तुम्हें एक नम्बर देता हूं बात कर लेना उससे
ये तो बता काम क्या है....
ज्यादा कुछ नहीं बैंक का काम है तुम फोन करके बात कर लो....
चल भाई ठीक है करता हूं... नम्बर दे दों......
सोनू चायवाले से अलबते आदमी है साला हमारे पड़ोस में...
चायवाला क्या हुआ...?
सोनू साला अपनी बाईफ को चार मंजिला मकान से नीचे फेंक दिया....
चायवाला बचीं उसकी बाईफ....
सोनू आप भी कैसी बात करते हैं किसी को उतना ऊपर से फेंकेंगे तो वो बचेगा बाताईऐ....?
चायवाला तो फिर क्या हुआ...
सोनू फिर वो जेल में चला गया....
सचिन ये देखो ख़बर भी अखबार में छपी है....
चायवाला कहा दिखाना
सचिन देखो.....
चायवाला उसकी बाईफ सुंदर थी....

सचिन तेज आंखों से... हां

सोनू चलों तो हम चलते हैं..

चायवाला करें कैतना जल्दी बावे चायवा तअ पी लो.... अभी बनाएं आपके लिए

सोनू मुस्कुराते हुए चलिए पीला ही दिजिए पर तनिक कम दिजियेगा....बाद में आएंगे तो सलहते पीएंगे....

चायवाला मुस्कुराते हुए दिया ली पी लीही......

सोनू चाय पीते पीते नज़र दुकान के सामने गई....ईईईईहा हग के कौन चला गया...

चायवाला मालूम नाअ....हम देखबो ना कईनी हई....कौनो कुकर के ही काम हवे......

सचिन नाअ इइइइ तअ कौनो आदमी के काम हवे....

चायवाला हैरानी से उसकी तरफ देखा..... फिर उस गंदगी की ओर.....सिर खुजलाते हुए छोड़ी अब नाअ देखनी तअ केहू पर काहे दोष लगाई.....

सोनू कहीं आपही का काम तो नहीं है..... हंसते हुए

सचिन कैसी बात कर रहे हैं आप....

चायवाला हंसते हुए अरे भाई उउउउ माजाक किएं है.......झुमका जी आप भी बोलिए सुस्त काहे बैठे हैं या कुछु याद आ गया....

झुमका हां......

चायवाला काअअअ बताईए.....

झुमका ब्राह्मण श्राप.....

सब हैरान होकर हैअययय......

झुमका हमें हमारी मम्मी ने एक बार बताया ...... इसके बारे में....

चायवाला क्या बताया ....

सोनू सचिन हाअ कहीं कहीं काअ बताया.....

झुमका हमारी मम्मी ने बताया कि.......

एक गांव में मेहरारू थी खऊराखापट थी। किसी के भी खेत में हग देती थी.... एक ब्राह्मण था जब तब उसके घास पर जाकर हग देती.... तो कभी उसके नाद (गाय जिसमें खाना खाती है) में हग देती.... कभी उसके खुटे पर तो कभी चौकी पर तो कभी द्वार पर......उस ब्राह्मण ने तंग होकर उसे श्राप दे दिया.... जो तोहार दिन-रात हगले में गुजरो...... बुढ़ापे में उस औरत के साथ बहुत बुरा हुआ दिन-रात हगले में रहती थी ना उठ पातीं थी और ना नहा पातीं थी..... उसकी पतोह भी उसके पास नहीं जाती थी.... उसके कर्मों की वजह से........।

सोनू अब जैसन करी वईसने नू भरी.......हम चलतानी सांझे आवतानी..... सचिन जी चलेम रऊरोअ....

सचिन काहवा....?

सोनू एगो आदमी से भेंट करे के रअलअ चलीं.....

चायवाला शाम को अभी तक आए ही नहीं भुला-उला तो नहीं गए नाअ रास्ता..... थोड़े देर में लाली छा जाई.....

सचिन पीछे से छुपकर आते हुए कहा भौअअ.....

चायवाला हमार प्राणे निकलबअ काअ....

सोनू नाअ देखत रनी हईसन काअ करतानी

चायवाला हम काअ.....चाय बनावत बानी...... अभी यादें करत रनी हई रऊरोअ लोग के....

सोनू हमें प्रसन्नता हुई कि कोई हमें भी याद करता है.... गैरहाजिरी में.....

सचिन तअ काअ....(भारी खुश आवाज में)

झुमका आते हुए....आ ही गए सब.....लगा नहीं था आएंगे....(मुस्कुराते हुए)

चायवाला हम भी बहुत खुशमिजाज है इसी बात पर लिजिए एक गाना सुनिए....

सचिन इतने दिन से लुकवा कर रखें थे

चायवाला हंसते हुए आरे इइइइ बात नहीं है.....

रेडियो खड़खड़ाया.........आज भर ढ़ील दअ ढ़ोरी जनी छील दअ......खड़खडखड़......

सचिन आरे मरदवा उहे लगावअ.....भगावत काहे बारअ.....

चायवाला हां लगा रहे हैं.....ऐ राजा छूटता पसीना गरमी होला....राजा जाई बजारे ले-ले आई एगो कोको कोला........

9

पंजाब-9

चायवाला ऐ बंटू हैने आवअ....
बंटू कैने....
चायवाला पीछे देखो आरे आगे नहीं इधर....उधर काहां देखने लगे....
राहुल किसको ड्राईवरिंग सीखा रहे हो.....
राकेश किसको बुला लिया है इधर....पता नहीं उसका नज़र खराब है कि क्या.....?
राहुल का हुआ.....
राकेश कल जातें वक्त टोंक दिया हमें.....रास्ते में कुत्ता काट लिया हमें......
चायवाला ढ़ोरी में सूई लिए......?
राकेश अब ढ़ोरी पर सूई नहीं लगता है.....
राहुल आते आते लाईनों भगा देहनी.....
बंटू पता नाअ सार लाईटें भाग गईल....।
रामू यार तुमको देख लिए.....
बंटू क्या हुआ.... हैरान होकर कहा
रामू तुम्हारे जेब से पैसे तो निकल नहीं रहा चाय के लिए....
बंटू आओ पिला देता हूं
रामू उस समय से बैठा था तो ध्यान नहीं आया...अब में जा रहा हूं
बंटू हाथ पकड़कर आओ बैठो पिला देता हूं...
रामू गुदगुदी करते हुए कहा छोड़ो अब कल ही पिलाना....
सब हंसने हहहहहाहा हाहाहहाहा हाहहाहाहा लगे सुनकर कि जैसे से पैसे तो निकल नहीं रहें और चाय पिलाने की बात कर रहे हैं.......

एक आदमी आया और चाय वाले से कहा....दूध मिल रहा है वहां से....सुना है उनकी गाय दूध नहीं दे रही है......
चायवाला हांअअअ....उनका बाछा मर गया है.....!!!!!!!!
आदमी ये बात है क्या..... ऐसा भी होता है........
झुमका ने कहा हमारी मम्मी कहती है......
जिस गाय का बाछा या बाछी मर जाती हैं तो वो गाय दूध देना बंद कर देती हैं..... ऐसे में दूधवाला एक काम करता है....बाछा/बाछी के शरीर में भूसा भर कर खड़ा कर देता है उसके अंदर से सब कुछ हाथ डालकर निकाल देता है..... फिर गाय पहले जैसा ही दूध देती है उसे देखकर.......।

देखते देखते एक साधु बाबा आया और तेज़ आवाज़ में बोला भूखे को रोटी खिलाएं लाभ होता है.....बोल बेटा तेरी मोहब्बत वापस आईं की नहीं आईं.....
चायवाला आरे बाबा कैसी मोहब्बत (हंसकर ताली बजाते हुए कहा)
सब हंसने हहहहहाहा हाहाहहाहा हहहहहाहा हाहाहहाहा हहहहहाहा हाहाहहाहा हहहहहाहा लगें।

बंटू पता नहीं कितनी गर्मी है बारिश भी नहीं हो रही है....
राहुल इस इलाके में सब पापी है साले....
चायवाला कैसी बात कर रहे हैं.....
राहुल तो क्या..... सबसे बड़े पापी तो तुम हो.....
सब हंसने लगे हहाहहाहाहाहहहहहाहाहाह हहाहहाहाहाहहहहहाहाहाह हहहहहाहा हाहाहहाहा......।

राहुल केनियो कमरा ओमरा खाली बावे.....
बंटू हां से सामने वाला गली में....
चायवाला हमरो मकान में खाली बावे.....
राहुल नीचे के चाही मरदवा.....
चायवाला नीचे के तअ नाअ मिलीं..... एगो काम करी.... मोमबत्ती ले लीं हाथ में और घुमी....
सब हंसने लगे हहाहहाहाहाहहहहहाहाहाह हहाहहाहाहाहहहहहाहाहाह मोमबत्ती हहाहहाहाहाहहहहहाहाहाह............
राकेश पिअकड़ लोगों को कमरा नहीं मिलता है जल्दी....
चायवाला चलों चलेके इंकर कमरा खोजें.....पी पाकर पूरा टाईट रहल जाई.... रउरा हाथ में एगो मूर्गी के लेग पीस पकड़ लेहेम..... बंटू दारू के बोतल... बीच-बीच में एगो एगो कुल्ला मारतो रहेके बाअ...औरू पूछेके बावे.......ऐ तहरा में कमरा खाली

बावे....
बंटू औरू रउरा हाथ में एगो पानी के बोतल पकड़ लेहेम बीच बीच में तनी पानियो मिला लिही कहेम.... हम पूछेम कमरा खाली बावे...ऐने लेग पीस काटेम...ऐने इइइइ एगो कुल्ला मारेम.....
राहुल बाग मरदवा हमार मजाके बना देहनी लोग...... (हंसते हुए कहा)
पूरा माहौल हंसने हहहहहाहा हाहाहहाहा हहहहहाहा हाहाहहाहा हंसी-मजाक का बना रहा.....सब बीच बीच में हंसते रहे.......।

बंटू चायवाले को कहा रउराअ आंख में गुजनी/गुहेरी हो गईल बावे काअ....?
चायवाला पता नाअ कईसे हो गईल.....
झुमका केहू के गाड़ ओड़ देख लिए होंगे....
सब हंसने हहहहहाहा हाहाहहाहा हहहहहाहा हाहाहहाहा हहहहहाहा लगें.....
राहुल चाय बनाते हो या गाड़ निहारते रहते हो....... हहहहहाहा हाहाहहाहा हहहहहाहा हंसते हुए कहा।
चायवाला आरे नाअ (हल्की मुस्कान के साथ)

राकेश चायवाले से अभी भी छोटा फोन चला रहे हो...?
चायवाला तो काअ एप्पल का फोन चलाये....।
राकेश हमको लगा लें लिए होंगे.....
चायवाला नाअ जब तक चल रहा है तब तक रगड़ रहें हैं यही.....।

****

राहुल हम परेशान हो गया हूं......
चायवाला काअ काअ हुआ....?
राहुल मरदवा उहे राकेश हमरा के कमरा दिखईलन......ओमे कौन दू अंडा काटकर फेंक दिया है.....हम उसको उठाये हाथ से और तभी से ख़राब खराब सपना आ रहा है....
चायवाला तहराअ हाथ से काअ जरूरी रअलअ उठावें के....।
झुमका जब कोई कुछ भुला जाता है तभी अंडा काटकर फेंक देता है या काटता है....।
चायवाला आपके कैसे मालूम....?
झुमका हमारी मम्मी ने कहा है.....?
बंटू राहुल से तहराअ एगो दारू लाकर चिखना बना लेवे के चाहित....(हंसते हुए)
चायवाला (हंसते हुए कहा) मरदवा हाथों से भी उठा लिएं.....

झुमका राहुल से आरे जाई मत बैंठी.....।

चायवाला चिल्ला कर बोला एएएए लाला कैने जातानी आईं बैंठी....कब अईनी हई पंजाब से...?

लाला आजे भौंर में....।

चायवाला काअ ख़बर बावे ओजिगा के....?

लाला ठीक-ठाक बावे....!!..बस दंगा होता प्रर्दशन होता....इहे सब तअ हो ताअ....।

चायवाला हैरान होकर हाअअ... अब सरकारों नाया नाया कानून लगावत फिरत बावे...

राहुल लोग तअ सरकार से नाराजे रहतावे औरू ओकरा के ही जितावत बावे....!!!!!!!!

चायवाला बैंकों के हड़ताल चलतावे....

बंटू उउउउ काहे....?

चायवाला अब सब बैंक आपस में जुड़त जाता..!!!!!

राहुल दिल्ली में तअ दारू भी फ्री हो गया है... एक पर एक

राकेश हम तअ एक दिन एगो लिए तो तीन पकड़ा दिया...!!!

राहुल हमको तो दो ही दिया!!!!!!

चायवाला पी पी कर झूमीं लोग.....!!!!

बंटू तोहार काहे गाड़ जरता....ना पीयले काअ...?

चायवाला हमहू पी अबे करेनी....।

एक बाबा पीछे बैठे थे कहें....कौनो गाना ओना बजाव ससुरा..... खाली चाय ही पिलाईबे.....

चायवाला बोली कौन सा गाना सुनेम.....

बाबा बजाव तअ पहिले.....

चायवाला लीं फेन सुनी......ऐ राजा हो हमरा ला कुंवर लगवादी देतअ हो........खड़डखडडड...... हरमुनिया बजावतानी बिन जईसन हाअय नाच रे पतरकी नागीन जईसन....

बाबा रहेदअ एकही पेरत काअ बारअ बार बार......

राहुल आज मांजा नईखे ब्रेड पकौड़ा में.....स्वादे नईखे आवत.....

बाबा तअ अब गाड़ में हाथ डालो अपनाकि स्वाद आएं...

चायवाला बाबा को देखते हुए कहा तअ काअ मतलब हम गाड़ में हाथ डालेनी....सब हंसने लगे हहाहहाहाहाहहहहहाहाहाह हहाहहाहाहाहहहहहाहाहाह हहाहहाहाहाहहहहहाहाहाह हहाहहाहाहाहहहहहाहाहाह हहाहहाहाहाहहहहहाहाहाह

एक रिक्सावाला आया और कहा ऐ चुनौटी लाल आवअ ससुरारी से घुमा लाई.....
चुनौटी लाल नाअ अभी दाढ़ी बनावे के बावे अभी (अपनी दाढ़ी पर हाथ फेरते हुए)
चायवाले का लड़का चाय गरम कर रहा था कि चुनौटी लाल ने कहा कन्हैया को कि इही हवे ओह दिन कहत रअलअ कि चारगों पुड़ी खा गईनी...
कन्हैया चायवाले लड़के से तौहार बाबुजी कैने नापाता हो गईलन....
चायवाले का लड़का हो देन आवतअ बारनअ......
चुनौटी लाल कन्हैया से काअ दुन ऐकरा मामी पसंद नईखी मामा पसंद बारन......
चायवाले का लड़का मामा पानी ओनी दे देहेलन पर मामी नाअ देहेली....!!
कबाड़ी रे तौहार मामी गांव से काअ काअ लाईल बाड़ी.....?
कन्हैया बताव तअ तोहार दुबलीकेट मामी काअ लाअईल बाड़ी
कबाड़ी बताअ दअ ठेकुआ, खास्टा, भुजा, चिऊरा, मिठाई, घी.....।

कन्हैया कबाड़ी से काअ बात बाअवे बहुत गदगद बाडअ...?
चायवाला काल के बड़का हाथ मारें है.....सस्ता में लोहा खरीद कर महंगा बैचे है.....
थोड़े देर बाद रिक्सावाला दुबारा आया और कहा तहराअ के कहनी हई आवअ ससुरारी से घुमा लाई तअ नाअ अईलअ हवअ.....
चुनौटी लाल हरा हेने जाके बाअ तू होने जा तारअ....
कबाड़ी हमार फोन के बेटरी बहुत चलअ ताअ....
कन्हैया कौन सा फोन हवे सेमसंग के.........
कबाड़ी पर ऊपर के सब बटन पिघल गईल बावे.....
कन्हैया अब चार सौ रूपए में जान लेबअ...... एगो आदमी कमरा लेहलन और कहतारन ऐमे चूहा बारसन....तअ काअ अब जान लेबअ.......सब हंसने लगे हहाहहाहाहाहहहहहाहाहाह हहाहहाहाहाहहहहहाहाहाह हहाहहाहाहाहहहहहाहाहाह जान लेबअ हहाहहाहाहाहहहहहाहाहाह हहहहहाहा.......।

घर जाते जाते झुमका को कॉलेज के दिन याद आ गए.... कितने सुहावने दिन थे.... खासकर शिवांश की। उसकी तो सारी बातें ही हंसी दिलाती.... उसकी बहुत सारी बातें है जिनमें..... एक कॉलेज के सामने छोले कुलचे की दुकान थी... एक छोला कुलचा मांगा सब्जी दो बार पहले ही पेल दिया... फिर दुकानवाला रास्ता पर कर दूसरी तरफ चला गया मूतने....इधर सब्जी फिर खतम हो गई... दुकानदार था नहीं दुकान पर शिवांश उठा और उसके पतिले से तीन-चार चम्मच सब्जी निकालने लगा..... उधर दुकानवाले ने देख लिया और तेजी से आया और आकर पतिला

निहारा फिर शिवांश को......
शिवांश भईया आपकी सब्जी बहुत अच्छी है.... थोड़ी सी ओर देना एक टुकड़ा बच गया है.....
एक ओर झुमका की हंसी का ठिकाना नहीं..... हहहहहाहा दबे दबे मुंह से हहहहहाहा हहाहहाहाहाहहहहहाहाहाह हहाहहाहाहाहहहहहाहाहाह
दुकानवाला देखा.....और पसीना पोंछा.......!!!!!!!!!!

ऐसे ही बहुत सी बातें है जो एक कपड़े के दुकान पर गया और दुकान के सारे कपड़े पहन कर देखा.... दुकान पर एक लड़का था उसका मुंह उतर गया क्योंकि वो परेशान हो गया था...!!!! दुसरी तरफ झुमका फिर दबी दबी हहाहहाहाहाहहहहहाहाहाह हहाहहाहाहाहहहहहाहाहाह हहाहहाहाहाहहहहहाहाहाह हहाहहाहाहाहहहहहाहाहाह...
बाहर गेट पर एक बुढ़ा गार्ड बैठा था......
शिवांश चल ताऊ अब उठ जा....
गार्ड क्या हुआ बताओं तो....
शिवांश अरे उठो तो मुझे सामान बेग में रखना है
झुमका फिर दबी दबी हंसी हंसने लगा हहाहहाहाहाहहहहहाहाहाह हहाहहाहाहाहहहहहाहाहाह हहाहहाहाहाहहहहहाहाहाह हहाहहाहाहाहहहहहाहाहाह
बेग नीचे ही रख कर डाल लो....
शिवांश बेग गंदा हो जाएगा......चलो ताऊ अब साईड हो जाओ....
गार्ड हट गया....!!!!!!

झुमका सोचा कॉलेज के दोस्त अब मिलते नहीं है....एक कविता याद आ गई......
बड़े अरसे बाद....कॉलेज अब दूर लगता है
और इसी तरह ये शाम बारिश के साथ ढ़ल गई

कोमल का फोन आया........झुमका फोन उठाया क्यो नहीं
कोमल सुनाई नहीं दिया...
झुमका तुम्हरा जन्मदिन कब आता है 12को या 13को...
कोमल 13को
झुमका याद ही था पर फोन रीसेट किया तो सब डिलिट हो गया....(हंसते हुए)
कोमल हहहहहाहा हहाहहाहाहाहहहहहाहाहाह

Printed by Libri Plureos GmbH in Hamburg,
Germany